異世界に転生したので日本式城郭をつくってみた。

著◆リューク
絵◆村カルキ

目次

INTRODUCTION
序章

暗くなりつつある山道を俺は一人の少女を背負ってひた走っている。

後ろからは、ゴブリンどもの嬉しそうな金切り声が鳴り響いていた。

「畜生！　畜生！　畜生ぉぉぉ！　何が村長だよ！　養父《とう》さん一人救えないなんて！」

今俺は、この世界でたった一人の家族を犠牲にして逃げている。

俺たちが生き残るためにその人は、自ら犠牲になった。

たった一人の老人を置いて、たった一人の家族を捨てて。

走って、走って、走り続けていた。

俺の背中にいる少女が先ほどから泣きながら、「ごめんなさい」を何度も、何度も、何度も繰り返している。

どれくらい走っただろうか？　山の中腹から村のほうを見ると、火の手は上がっていないものの、そこかしこから土煙が巻き起こっている。

畜生、俺が何でこんな目にあわなきゃならないんだ！　俺は、なんて無力なんだ……。

それもこれも約半年前に、この異世界に連れて来られたのが、原因だ。

俺は生粋の城好きの普通のサラリーマンだった。

城好きになったのは、小さい時に親父に連れて行ってもらった姫路城の美しさに、俺は一目ぼれしてしまったことが原因といえる。

後で知ったのだが、平成の大改修をした直後の姫路城はまさに白亜の城、その雄大な城壁、曲輪《くるわ》、堀、石垣、天守閣。

どれをとっても素晴らしく、俺の心を魅了した。

あれから二〇年以上が経ち、俺も三〇を超える歳になると、城に魅せられ、歴史に魅せられ、気が付けば一度も女性と付き合うことなくここまで生きてきた。

もちろん後悔など全くない。

俺は俺の好きなものを突き詰め、そして極めたと言っていいだろう。

だが、そんな俺は何故か半年前、この異世界とも呼べる変な世界にいた。

CHAPTER 01
◈第一章◈

強い衝撃と共に目を覚ますと、俺は目の前の景色に驚いた。

「いやいやいやいや、さっきまで竣工式見てたじゃん、電車で寝ちゃったのかな？」

なにせ俺が見ている景色は、西洋の騎士のような鎧を着たおっさんや、少年と言ってもいいような男の子が剣を片手に戦っている景色である。

しかし！　これは夢だ！　夢なのだ！　なぜなら、俺の頭上には魔法としか言いようのない、火の玉や水の玉、挙句雷なんかが飛び交っているのだ。

「おい！　坊主！　頭を低くしろ！　やられるぞ！」

俺の隣でおっさんが喚いている。

何言ってるのかわかるけど、夢なんだから関係ないじゃん。

と、その時までは思っていた。

そう、魔法の余波で吹き飛ぶまでは。

俺の目の前で先程まで注意してくれていたおっさんの頭上に魔法が炸裂して、その衝撃で地面を数回転げた。

「い、痛い？　夢じゃない？　……っ！」

俺は、痛みでここが夢じゃなくて現実世界だとわかった。

そして、先程まで注意をしてくれていたおっさんが頭からグチャグチャになった無残な姿を見てしまった。

その姿を見た途端、恐怖で胃がひっくり返りそうになり、気づいたら走って戦場から逃げ出していた。

逃げて、逃げて、逃げて、その途中で何度転んだかわからず、何度真横に魔法が着弾したか数え切れなかった。

その度に死の恐怖で足が竦みそうになったが、死にたくないという一心で逃げた。

どこまで逃げたのだろう？　戦場の音は既に聞こえなくなり、どこかの森を俺は一人彷徨《さまよ》っていた。

運よく逃げ切れたものの、俺は完全に迷っていた。

と言うよりも、見覚えのない場所なので方角すら分からないのだ。

そして、彷徨って川に着いた俺は一息つこうと水面に顔を近づけ驚いた。

「だ、誰だこれ！　俺の顔じゃない！　どういうことだ⁉」

そう、全くの別人の顔が映っていたのだ。

俺は良くも悪くも平均的な日本人という顔立ちに、無精ひげを生やした眼鏡の如何にもオタクという服装だった。だが、水面に映る顔は、茶色い髪に紫がかった青い瞳の整った顔立ちの西洋美少年、と言った感じの騎士だった。

胸に付けていた鎧は元は銀色だったところが少し見えるが、あちこち穴が開いていたり返り血と土で汚れてしまっていた。

ボロボロだったことと、戦場から離れたこともあり、厚手の鎧を脱ぐことにした。その時に気が付いたのだが、腹が一度ざっくり切れた痕《あと》があった。傷口は塞がっているものの、脇腹の服が大きく切れて、周囲におびただしい量の血が付いていたのだ。

「え？　え？　これ、死んでるよね？　こんなに血が付いてたら危ないよね？　ってことは憑依したってこと？」

　そう思って持ち物を確認していると、腰に差された短剣にアルファベットのような字で名前が刻印されていた。

〝ロイド〟、それがこの体の少年の名前だと俺は直感した。

「なんでか知らないけど、人生やり直しにしてはファンタジーすぎる世界だろう、……はぁ、神様も酷なことをしてくれるもんだ」

　そんなことを一人呟きながら、重い金属の鎧だけを脱ぎ捨てて川岸を歩いていると、安心したせいか、足元が急にふらついてきた。

「あ、あれ？　真直ぐに歩け、な、い……」

　千鳥足になった俺は、バランスを崩して川岸に倒れてしまった。

「や、やばい、せめて、人里に、いかな、い、と……」

　そう思いながらも、俺は意識を手放してしまったのだった。

◆

――川岸　？？？

　朝靄と共に一人の少女が川岸に姿をあらわした。

まだ大人というにはあどけなさはあるものの、少女は綺麗に手入れされた金髪とその髪に負けない整った顔立ちをしており、彼女を見た者は誰しもが振り返っただろう。

実際に彼女は、今いる村の中では器量よしで有名な少女でもあった。

そんな少女の手には、木でできた蓋つきの水瓶が抱え込まれていた。

「さぁ、水を汲んだらすぐに戻って朝の用意をしないと」

少女は一人そんなことを呟きながら水瓶を川に沈めて水を汲もうとした。

しかし、少女は蓋が付いていることを忘れていたのか、川に落としてしまったのだ。

「あ！　蓋が流れちゃう」

少女は慌てて流された蓋を追いかけた。

川の流れはさほど速くないとはいえ、少女の足ですぐに追いつけるものでもなかった。

少しの間蓋を追いかけたところで、蓋は何かに引っかかり止まった。

少女は、蓋が引っかかったことにホッと安心して近づいた時、そこにあるものを見て息を飲んだ。

「え？　……人？」

一瞬驚いた少女は、少し警戒しながら倒れている人に近づいて、引っかかっている蓋を取った。

そして、倒れている人の顔をよく見ると、優しそうに整った顔立ちをした青年だった。

見た目は、少女と同じくらいの歳だろうと思ったが、青年の腰には短剣と手や足には皮鎧がつけられていた。

そのいで立ちから恐らく戦争に出た兵士だろう、と少女は目星をつけた。

「……でも、なんでこんなところに？」

最近あった戦は、ここからだいぶ離れた場所で、逃げてくるにはかなり離れている。

しかも、戦いが起るかもしれない程度の話は聞いていたが、戦いが〝起こった〟とは聞いていないのだ。

少女は訝しみながらも青年を観察していると、青年の胸が微かに上下しているのに気が付いた。

「……ッ!?　この人、生きてる!?」

青年が生きているのを確認した少女は、一瞬助けようかと思って手を伸ばしかけて躊躇《ためら》った。

それは、彼がまったく害のない人間だと言う確証がないからだ。

戦から逃れた兵は度々、野盗化して村人を襲う。

ゴブリンなどと同じで、人里にとっては害となるのだ。

「……でも、このままここに置いておいたら彼は死んでしまう」

少女は、自分と大して歳の変わらない彼がこのまま野犬や魔物の餌になるのを不憫に思ってしまったのだ。

「……お父さんなら分かってくれるし、きっと危ない人なら倒してくれる……はず」

少女は、少し考えてから彼を救うため、肩に担いだ。

そう、文字通り〝担ぎ上げた〟のだ。

「とりあえず、お父さんに相談しなくちゃ」

そう呟きながら、少女は青年を担ぎ、家へと戻るのだった。

「マルシール、犬猫を拾ってくるのとは違うんだぞ？　人なんて拾ってどうするんだ？」

少女にそう問い詰めている巌《いわお》のような厳つい体つきの男は、彼女の父親である。

山賊も裸足で逃げ出しそうな鋭い眼光を向けられ、彼女も一瞬怯んだ様子を見せたが、しっかりとした口調で言い返していた。

「だって……、あのまま放っておけば彼は魔物や獣に食べられていたかもしれないんだよ？　それを放っておくなんてできない！」

「まったく……、拾ってきたのは確かに人として素晴らしいことだ。だが、この家にこいつを食わせるだけの余裕があるか？　村にだってそこまで食料の余裕がないんだぞ？　助けたが食べ物がなくてみんなで飢え死になんて笑えない話なんだからな」

父親にそう凄まれた彼女は、確かに自分がしたことで家族が餓える可能性もあることがわかり、一瞬怯んだ。

だが、すぐさま何かを決意したのか、父親を真直ぐ見つめ反論した。

「それは分かってる。だから、彼が元気になるまでは、私の食べ物を分けてあげるもん」

「……はぁ。まったく、そういう所は死んだ母さんにそっくりだな。……仕方ない、こいつが元気になるまでの間だぞ？」

彼は、娘が一度言い出したら曲げない性分だと知っていることもあり、渋々認めた。

そんなやり取りから二日後、彼女が甲斐甲斐しく世話をしたこともあり、彼は目を覚ますのだった。

◆

「……ん？　ここは？」

川岸で倒れていたはずの俺は、どこかの家に運び込まれたのか、藁の上にシーツを乗せただけの簡素なベッドに横たわっていた。

俺が訳も分からず周囲を見回していると、扉の前に一人の少女が立っているのに気が付いた。

長い金髪を一つにまとめた、目鼻立ちのクッキリとした西洋風の美少女で、その表情には慈愛が満ちていた。

まるでアニメの世界から出てきたような美少女は、その白磁のような手に木桶を持って俺の方を見ていた。

しばらく俺を見つめていた少女は、起きた俺に碧色《みどり》の目を細めて話しかけてきた。

「やっと気が付いたんだね。言葉は、わかる？」

俺が頷くと、少女はホッと一息吐いて部屋を出て行った。

遠くから親を呼んでいる声が聞こえたかと思うと、もの凄い大声が響いた。

「なに！　やっと目を覚ましたか！　今行くから待ってろ！　お前一人で会うんじゃないぞ！」

今物凄く警戒されているというか、失礼なことを言われたような気がするが、助けてもらったのだから文句なんて言えない。

それから数分もしないうちに、家の中にドカドカという大きな足音を立てて、大柄のおっさんが入ってきた。

「よう、気が付いたようだな。お前さん、川岸で行き倒れていたのは覚えているか？」

俺が首を縦に振ると、男は「そうかそうか」と言いながら頷いて話を続けてきた。

「まぁお前さんが行き倒れているのを、うちの娘が見つけてな。家まで運んで来たんだよ。ここまではいいか？」

俺が頷くと、また男は頷きながら話を続けてきた。

「で、儂らが助けたんだが、まずは名乗ってもらえるか？」

「俺の名前はロイドです」

「ロイド何て言うんだ？　苗字あるだろ？」

「……、それがロイドしか思い出せないんです。気が付いたら戦場にいて、命からがら逃げて来たんですが……」

「川岸で行き倒れたって訳か」

「えぇ、その通りです」

「じゃぁロイドだけでいいか。あぁ、俺の名前はドーソン。ドーソン・ハートレックだ。さっきいたのが娘のマルシールだ。いいか？　絶対に娘に手を出すなよ？　出しやがったらどうなるか、分かっているな？」

そう言うと、ドーソンはただでさえムキムキの筋肉をより一層肥大させて威圧してきた。

その迫力に負けて俺は、何度も頷いているると、後ろからマルシールが顔を出した。

「もう、お父さん。怪我人だか病人だか分からないけど、そんな威圧したらダメじゃない。ロイドだっけ？　気にしないでね。お父さん村の若い男全員にこんな感じだから」

そう言って笑う顔は本当に可愛らしく、一輪の花が咲いたような、そんな臭い言い回しを思いついてしまう笑顔だ。

「ドーソンさん、マルシールさん、ありがとうございます。このご恩は必ずお返ししますので、もう少しだけ置いていただけませんでしょうか？」

俺が畏まって挨拶をすると、ドーソンは頬をかきながら、「かまわん」とだけ言ってくれた。

「ただし、元気なら明日から畑仕事を、しっかりと手伝ってもらうからな」

そう言って豪快に笑うと、部屋を出て仕事に戻っていった。

その後ろ姿を見送ってから、マルシールは笑顔で俺に話しかけてきた。

「あ、そうそう、私のことはマリーって呼んでね？　マルシールって長くて、この村ではマリーって言わないと通じないから。あ、あと私には、敬語もさん付けも要らないからね」

「わかった。今度からマリーって呼ばせてもらうよ」

特に何か言うべきことも見つからなかったので、二人きりの部屋には沈黙が流れた。

ものすごく気まずい、こんな時何か気の利いたことが言えたらいいのだが、生憎と女性慣れしてないので何も思いつかない。

「……それじゃ、私も仕事に戻るね。家の中にいるから何かあったら声かけてね」

そう言って立ち上がると、そそくさと部屋を出て行ったのだった。

「マリー……か。可愛らしい女の子だったな……」

◆

次の日、早朝からドーソンさんに起こされたかと思うと、畑に連れて行かれた。

どうやら昨日言っていた畑仕事をさせられるらしい。ただ……。

「これ、麦ですよね？　あんまり実り良くないんですか？」

俺が手に取った麦の穂はまだ若いと言っても、実が軽く栄養が行き渡っているようには、見えなかった。

「ん？　あぁ、今年は不作でな、麦の成長が悪いんだよ」

「何か肥料とかは、あげましたか？」

俺が肥料をあげたか質問すると、ドーソンさんは首を傾げていた。

「ん？　その肥料ってのは、なんだ？」

肥料を知らない？

「え、石灰とか家畜の糞をあげてないんですか？」

「石灰？　なんだそれ？　知らねぇな。それに家畜の糞なんてやったら根が腐っちまうぞ」

一般的に石灰は土壌改良剤として活用されているが、石灰に含まれるカルシウムは食物に活力を与える効果があり、肥料として有効なのだ。

家畜の糞は、落ち葉などを混ぜて雨避けを作って風の当たる場所に放置すれば、発酵してメタンガスなどの植物にとって有害な成分が抜け優良な肥料となる。

ただ、肥料を与え始めたのは、いつだったか正確な時代は忘れてしまったが、肥料があまり知られてないということは、ここは古代から中世初期くらいの文明だぞ。

近くを見回すと牛舎のような物が所々見えているので、農耕に牛などを使っている所はあるようだが、肥料を知らないとなると……、使えるかもしれない。

「ドーソンさん、このまま手を打たずにいれば、恐らく麦は全滅です。そうなる前に肥料を試してみませんか？」

「ん～、けど失敗するかもしれないんだろ？　そんなもんやらせられねぇよ」

「それはわかってます。だから、特に発育の悪い畑で試してみませんか？　今ならまだ間に合うかもしれません」

「ん～……。しかしだな」

「俺としては、助けてもらったお礼がしたいんです。お願いします！」

その後も暫くドーソンさんは渋ったが、なんとか説得して、実りの悪い方の畑をいくつか任せてもらうことができた。

それから俺は漫画やライトノベル、インターネットで調べた方法を思い出しながら肥料となるものを試してみた。

まず、牛を飼っている家に出向き、牛の寝床の周囲の土を手に入れ、その土を麦畑に撒いてみた。

「おい、ロイド。本当にこれ撒いて麦がダメにならないだろうな？」

ドーソンさんが、文句を言いながらも根元に土を入れ、麦の横の土を混ぜていた。

確かに糞を直接撒けば、麦はダメになる。

だが牛舎の土は、すでにメタンガスなどの植物に悪い物質は取られているので、何も問題ない。

俺がその旨を簡単に説明すると、「そうか」とだけ言って土を耕していた。

理解してくれていればいいのだが……。

それ以外にも、糞なども肥やしになるように木桶に落ち葉と共に入れて蓋をして発酵させ、少しでも上質の肥料になるように工夫した。

これは牛舎の土と同じで、発酵させてメタンガスなどの食物に有毒な成分を取り除くためだ。

ちなみに、肥やしは糞が材料なので臭いと俺も思っていたのだが、発酵させた肥やしは普通の土の臭《にお》いに近く、鼻の曲がるような臭さではなかった。

そして苦労のかいがあったのか、数週間後には俺の任された畑の麦はズッシリと重たい穂をつけた。

「これは、すごいな。まさかあのダメな状態から持ち直すなんて……」

「すごい……。この畑、今までにないくらい豊作じゃない？」

ドーソンさんもマリーも信じられないという表情で見ていたが、俺としてはもう少し手を加えたかった。

このままでもいいのだが、少しでも多く作物を作るには、土を効果的に休ませる必要がある。

「ドーソンさん、もっと豊作目指しましょう！」

恩返しのために気楽に始めたこのことがきっかけで、俺の存在は村中に知れ渡ることになった。

◆

――村内某所　？？？


一つの小屋で話し合う四人の男たちの姿があった。

そこにいた男たちは皆、歳を取っており、その中でも年長であろう男がおもむろに口を開いた。

「さて、今日集まってもらったのは、言うまでもない、次期村長についてじゃが……」

「おいおい、ベクターさん。歳食って耄碌《もうろく》したか？　その話は前回して、ゴードンが次期村長ってことで満場一致したじゃないか」

「誰が耄碌するか！　この通り頭もはっきりしとるわ！」

ベクターと呼ばれた男はそう言って、顔を真っ赤にして叫ぶと周りにいた他の男たちが、「まぁまぁ」となだめてきた。

「ふん、少し熱くなってしまったわい。ゴホン！　ゴードンは、確かに頭もよく頼りになるのじゃが、一人とんでもない奴が村に身を寄せておるのじゃよ」

「身を寄せているって、あのドーソンさんとこの居候か？　確かに収穫を増やしたとは聞いたが、偶然じゃねぇのか？」

「うんだ。たまたま豊作の時に奴が来たのじゃろ？」

「あほ抜かせ、お主等こそわかっとらんな。ここ最近飯に困っとらんのは、狩人の腕が上がってそのおこぼれを貰っとるからじゃろが。麦の収穫は年々落ち込んどるわ！」

そう言ってベクターは、帳簿らしき羊皮紙をテーブルの真ん中に放り出した。

そこには、こと細かにこれまでの収穫量が記録してあった。だが、文字が読める者がいないため、他の三人は首を傾げるばかりである。

「それに、ゴードンを選んだのは、読み書き計算ができるからじゃが、そいつはできるのか？」

羊皮紙を置いて、五〇代半ばくらいの男がベクターに質問をしてきた。

この村では、〝読み書き計算〟ができることを村長を選ぶ基準としていたのだ。

「それについては、安心せい。ドーソンの所に様子を見に行ったら、その小僧『かけ算』とか言うのを自分で考えておったし、字はしっかりと読めとるから書くこともできるじゃろう。だから、その点は問題ない」

「ちょっと待て！　そいつは最近来たところで記憶も曖昧なんじゃろ？　信用できるのか？」

別の男が疑義《ぎぎ》を唱えた。

「確かにいきなり来た者が村長になるなど前例がある話ではない」

「だからと言って才能はあるのじゃろ？　村長の話が本当ならすごいことじゃぞ」

他の者たちも、それぞれが意見を出してきた。

その様子をベクターはジッと腕を組んで聞くばかりだったが、意見がある程度出たところで口を開いた。

「確かに皆の懸念も分かる。じゃが考えてもみろ、こんな村騙してどうなる？　得られるものなど何もない。そして、記憶だってそうじゃ、自分が何者か分からんだけで全てを忘れている訳ではなさそうじゃからな。儂は問題なしだと思うがどうじゃ？」

ベクターの言葉を聞いた代表たちは、暫くの間黙って考え始めた。

確かにベクターの言う通りで、騙す理由なんて何一つなく、寂れて行く村にとっては失うものなど何もない。

そして、そのロイドという男も記憶を完全になくしている訳ではなさそうだと全員が納得し始めた時、一人の男が口を開いた。

「……で、そのドーソンさんとこの居候をどうやって、次期村長にする気じゃ？」

男が疑問に思ったのは、村以外の余所者が村長になるために必要なことだ。

村全員を納得させるには、誰かしらの子どもにするか、誰かと結婚させなければならない。

その点については、ベクターも想いを廻らせていたのか、考えていたことを全員に告げた。

「うむ、これも何かの縁だろう。儂には子もおらんから、あれを養子に貰おうかと思っておる」

「……じゃが、いいのか？　村の人間から選ぶのが習わしだろ？　他所の奴を入れたら……」

「安心せい、村の娘を嫁にすれば、村の血は守れるわい」

ベクターが断言すると、男たちは悩むふりをしながら渋々といった風に首肯し、嫁選びを始めた。

「となると、誰の娘を嫁に入れるかだが、候補はいるのか？」

「ゴメスんとこの娘が確か三〇と行き遅れておっただろ？」

「おめぇ、そら大年増じゃろが、流石に一五か一六の若いのにそれはあんまりじゃろ……」

流石に、一五くらいの若いのに大年増はあんまりだという話から、他の候補を再び探し始めた。

「となると、ロリー婆さんの孫娘か、ドーソンさんとこのマリーかの？」

「……。マリーをやると未婚の若い衆が煩《うるさ》そうじゃの。じゃが、ロリー婆さんの孫は確かまだ三つじゃったか？」

「流石に、乳飲み子に毛が生えたくらいの歳の子を貰っても嬉しくなかろう」

「とりあえず、村の内外で関係ある娘を嫁に迎えさせるというのでどうじゃ？」

「うむ、そうじゃの。流石にロリー婆さんの孫は若すぎるし、マリーは反対が多そうじゃからな。まぁまだ時間はある。なんとか考えて見るとしよう」

ベクターがそう締めくくると、男たちも彼に任せようとしていたのか、特に反対せず。「そうじゃの、もう少し考えるか」と口々に言いながら解散していった。

◆

麦が無事に実ったことで、俺も少し落ち着いたので、村を見回してみた。

村全体は、十字に少し広い道と道に沿って家が何軒も軒を連ねて建っていた。だが、残念ながらそのほとんどに人は住んでいないらしい。

なんでもここ最近出兵があったようで、その戦争に連れて行かれたのと、主要街道から外れた場所にあるせいで、職が少なく別の場所に職を求めて出て行くものが多かったので、人が減ったそうだ。

元々は、岩塩の採掘などで生計を立てていたのだが、ここ最近もっと大規模に採掘できる場所が見つかったそうで、そっちに人が移住したのも原因らしい。

そのため、村は少しずつ寂れてきて現在では五〇人程度の小さな村になってしまったそうだ。

もちろん住人の流出は、食糧事情にも直撃してきた。

元々塩で生活してきたこともあって農業には皆不慣れで、とりあえず食料の確保と税を払える麦を育てようと躍起になっていたのだそうだ。

岩塩の採掘場があった時の名残なのか、村の門の近くにはがっしりとした柵があった。

高さは大人三人分、約四メートル程である。

それに加えて木製の門——約三メートル——がある。

周囲は山と森におおわれ、西側には谷川が少し流れている。

農業用水、生活用水はその川の水を汲んできて使うようで、かなりの重労働だ。

実際俺も何度かさせられたが、三往復したら足と腕が攣りそうになった。

これをドーソンさんはもちろん、マリーも日に十往復はするというのだから、恐ろしい話である。

さて、そんな村の様子を見ながら、俺は今刈入れをしている。

道具は、鉄製品が少ないせいで、石包丁という旧石器時代のような道具だ。

もちろん鎌などの鉄製品はあるが、かなり高価らしい。

そして切れ味などないに等しいそれは、恐ろしく時間がかかる上に上下運動が多くなり、更に足腰に負担がかかる。

ちなみに俺が持っていたナイフだが、刃の部分が大きくかけていたので砥石が手に入るまで使い物にならなさそうだったので、仕方なく懐に仕舞っている。

あれが使えていれば、俺は今ここまでの苦労はしなかっただろう。

石包丁に手間取っている俺を見て、マリーが笑いながら話しかけてきた。

「ねぇ？　ロイドは、良い所のお坊ちゃんだったのかな？」

「なんでそう思うの？」

俺が聞き返すと、彼女は少しの間こめかみに指を立てて考え込んだ後に話し始めた。

「ん～、なんていうのかな？　ロイドってすぐに息上がるし、座り込むし、今だってお爺ちゃんみたいにすぐに作業の手を止めるでしょ？」

うん、さらっと美少女にけなされているんだけど、泣けてきた。

「けど、なんていうの、なんでも知ってる感じがするから、農作業とかしたことない良い所のお坊ちゃんなのかなって思ってね」

「なんでも知らないよ。知っていることだけだからね」

うん、自然に言ってみたい言葉を言えたぞ。

と一人ガッツポーズしたいのを我慢しながら言うと、彼女はキョトンとしていた。

そんな反応されたら、俺が恥ずかしいんだけどな……。

そんなことを思って誤魔化すために頭を掻いていると、彼女はクスクスと笑い出した。

「ロイドって真面目なのか、冗談言ってるのかわからないね」

そこまで言ってから、彼女は「でも」と続けてきた。

「そんなロイドが好き――」

「おい！　お前らくっちゃべってないで作業してくれ！　早くしないと収穫が間に合わんぞ！」

何か彼女が言いかけたところで、ドーソンさんの大声が響いて後の方が聞き取れなかった。

そして、彼女はというと、ドーソンさんに急かされたからか、せかせかと作業を開始してしまい、続きを聞ける雰囲気ではなくなってしまったのだった。


そんなこともありながら、石包丁と格闘すること数日。

麦の刈り入れが無事に終わった俺は、次に何を育てるのかを尋ねると、また麦を作るとドーソンさんから返事が来たので、考えていた作物を提案することにした。

「麦の連作は土の力がなくなるだけです。ここはドーソンさん、思い切って大豆と蕪《かぶ》を育てましょう」

「大豆と蕪？　なんだってそんな作物育てるんだ？　それに、麦を育てなければ税が払えん」

「安心してください。大豆は麦が持って行った土の力を回復させる特徴があるんです。また蕪は土の力をあまり使わずに育つので丁度いいんです。この二つを育てる方が、次の麦の収穫量が格段に良くなりますよ」

「土の力を回復させるだと？　本当か？」

「えぇ、本来は休田と大豆と麦、蕪を廻らせながらやるのがいいのですが、牛やヤギなどの家畜がいないので、休田は諦めて大豆を植えて育てます。で、また春麦を植える季節になったら大豆や蕪を引っこ抜いて保存食にしてしまうんです。どうですか？」

俺の提案にドーソンさんはかなり微妙な表情でうなっていた。

恐らくこの地域では、麦→麦→麦のサイクルが常識なのだろう。

税の支払いの観点から仕方ないのだろうが、それでは土の栄養が回復せず、徐々に土地が痩せて行くのがわかっている。

そこで、麦を作ったあとは違う作物を作り、土の栄養を回復させ、次の麦が栄養不足に陥らないようにする方法を提案した。

渋るドーソンさんに俺が説得を繰り返していると、一人の老人が近づいてきた。

「おぉ〜い、ドーソンさん。ちょいと相談があるんだが、来てくれんかね？」

声をかけてきた老人は、この村の村長だ。

彼はこの村で一人暮らしをしている。

なんでもだいぶ昔に跡取り息子を、少し前に奥さんを亡くしたのだと聞いている。

もう歳も歳なので次の村長が決まったら、隣村に嫁いだ娘の家にお世話になる予定らしい。

村長と話しに行ったドーソンさんは、今度は俺を手招きして呼んできた。

「おい、ロイド。村長がお呼びだ」

「え？　あ、はい、今行きます」

村長の所に行くと、彼はゆっくりと話し始めた。

「ロイド君だったかな？　君は確か両親がいないのだったね？」

「え、えぇ正確には両親がいたか覚えてないですが……」

「まぁその辺はどっちでもええさ。君の知恵を見込んでお願いがあるんだが、聞いてくれるか？」

「俺にできることでしたらいいんですが、どんなことでしょうか？」

「なに簡単な話じゃ。儂の養子に入ってくれりゃええだけじゃ。君ももう知ってると思うが、儂の跡継ぎは少し前の戦争で死んでな、儂も老い先短いので後継者が欲しいのじゃよ」

「え？　しかし、俺はこの村に来たばかりですし……」

「その辺の心配は要らんよ。昨日の村の会議で、君が養子に入るのを条件に許可は取ってある。どうじゃ？　この老い先短い老人を助けると思って、なってはくれんかの？」

懇願してくる村長を目の前に、俺は戸惑っていた。

正直言って、村長なんて何をしたらいいのか分からない。

俺がそう思って断ろうとすると、彼は矢継ぎ早に言葉を続けた。

「それに今ならまだ儂が生きておる。村長になってもらったら相談などはいくらでもできるから、心配いらんぞ」

この老人、エスパーか!? 俺の考えていることが筒抜けなのだろうか?

俺はそんなことを考えながらも、これ以上断るのは失礼と思って受けることにした。

「……わかりました。俺に村長が務まるかどうかわかりませんが、やってみます」

「おぉ〜、やってくれるか。そうかそうか、見込んだ通りの若者で良かったわい」

こうして俺はドーソンさんの家から村長の家に移り住むことになった。

ドーソンさんの家と比べると幾分か大きくはなったが、中の様子はあまり変わらない昔の農家といった感じだ。

「これからは儂の養子になったので、名前はロイド・ウィンザーと名乗るがええ」

「わかりました。ところで俺は村長をお義父さんと呼んだ方がいいのですか?」

「……それは、まだ気持ち悪いの。儂の名前はベクターじゃから名前で呼んでくれ」

おい! 気持ち悪いってなんだよ! 気持ち悪いって! と心の中で叫びながらも、それはおくびにも出さず「はい、ベクターさん」とだけ答えておいた。

「で、お主にやってもらうことじゃが、村長は基本的に村の揉め事の仲裁、納税の帯同、利水関係の調整、村の名簿作りが仕事になる。この中で一番多いのは、利水と仲裁じゃ。あとは時期物じゃから、ない時は全くないからの」

なるほど、要は村の便利な司法官って感じだな。

「わかりました。できる限りのことをさせてもらいます。住民の名簿はどこにあるのですか?」

「それはこっちに置いてある」

そう言うとベクターさんは地下室に俺を案内してくれた。

どうやら火災などの被害で焼失しないように管理されているらしい。

必要な資料も全て揃っており、ベクターさんが一人コツコツと仕事をしてきたことがうかがえる。

「まぁ解らんことがあったら聞いてくれ。ちなみにその羊皮紙の山は過去に起こった揉め事のメモと解決した方法じゃ」

そう言って指さした先には、とてつもなく高く広く積みあがった羊皮紙の山があった。

いわゆる、〝判例集〟と言う奴だ。

これを元に揉め事が起こった時に、判決を下すらしい。

正直もう少し整理しないと、もしもの時にかなり大変なことになる。

「あぁ、そうじゃ一つ気をつけねばならんことがあった」

そうベクターさんは立ち去り際に声をかけてきたので、彼の方を見ると先程までの好々爺《こうこうや》のような表情ではなく、真剣な表情で俺の方を見ていた。

「この村の領主様じゃが、あまり良い人ではない」

「良い人じゃないってどういうことですか？」

俺がそう尋ね返すと、彼は気持ちを落ち着けるためか、少し息を吐いてから話し始めた。

「うむ、強欲という言葉が当てはまる人での……」

そう言って彼が話し始めた領主の為人《ひととなり》は、決して好感の持てるものではなかった。

特に、不作の時に翌年の種籾《たねもみ》も含めて不足分を徴収していったというのだ。

そんな奴が上にいるとなると、あまり良い予感はしない。

そんなことを思いながらベクターさんの下で過ごして半年が経った。

ベクターさんとの毎日は、最初思っていた利用し合うような関係ではなかった。

それは、田舎特有の助け合う関係から始まり、徐々にだが、確実に俺たちは家族になってきていた。

時に笑い合い、時に意見が対立して喧嘩したりしながらも、良き家族として過ごすことができた、安息の日々だった。

……だが、その日々は、突然壊れてしまう。

◆

「村長！　ベクターさん！　大変だ！　モンスターが、モンスターが！」

ある晴れた日の昼、一人の村人が必死になって村長である俺の家に走り込んできた。

相当慌てていたのだろう、家に着くなり彼は息を荒げ、まともに話せる状態ではなかった。

「はぁーはぁーはぁーはぁー、モ、モンスターの大軍が、こちらに、向かって、きている……!!」

「モンスターの大軍じゃと!?」

この世界にはモンスターが存在する。それこそスライムとかゴブリンとかはもちろん、伝説級の存在ならドラゴンなんてのもいるくらいだ。

「それで、こちらに向かってきているのはどんなモンスターですか？」

「見かけた者が言うには、ゴブリンが一〇〇匹以上いるそうだ」

この世界では、ゴブリンはどこにでもいる低級の魔物で、背は小さく、醜い見た目に耳障りな金切り声をあげ、ゴキブリと同列に扱われることが多い。

そのゴブリンが、一匹だけならまだしも一〇〇匹以上……。

この村の人口は精々五〇人と言う所だ。

訓練を受けた兵士が五〇人いたなら大丈夫だろうが、ここにいるのは赤子や老人を含めた五〇人で、全く訓練もされていない人たちばかりだ。

しかも、戦える人材である狩人は、森に入っており村を離れてしまっている。

「逃げるしかない。裏の山に登ってやり過ごすぞ。悪いがお主等は村中に知らせを発してくれ」

ベクターの指示に従って、俺と先程駆け込んできた村人で村のあちこちに知らせに回った。

「ゴブリンの大軍が来るぞ！　全員逃げる支度をしてすぐに裏の山に登れ！　急げ！」

懸命に走り回ったが、村の北の森から土煙が見え始めた。

恐らくゴブリンの群れが近いのだろう。

それから数十分後、村全体に避難命令が行き届き、全ての人たちが避難することができたかにみえたが、一人足りないと誰かが言いだした。

彼は逃げる途中で負傷したのか、肩を借りながら叫んでいた。

「マルシールだ！　うちのマルシールがおらん！　きっと家で準備に手間取っているのかもしれん！助けてやってくれ！」

ドーソンさんの悲痛な叫びが響いたが、誰一人立ち上がれなかった。

いくら村の裏手とは言え、降りるのにはそれなりに時間はかかる。

魔物が村に侵入するのにもそれなりの時間がかかるとはいえ、もしものことを考えてしまい誰も立ち上がることができないでいた。

そんな中ドーソンさんはというと、手に持ったネックレスに必死になって祈りをささげていた。

そんなみんなの様子を見て、ひとりの人物が立ちあがった。

「……儂が行こうかのう」

ベクターさんである。

そう言って、彼が行こうとするのを、俺は黙って見ていられず彼を遮り名乗り出た。

「いえ、ベクターさんではここから降りて戻るのには時間がかかります。それではもしものことがあったら、間に合いません。だから俺が一人で行ってきます」

俺がそう言うと、彼はジッと俺の方を見てきて、やれやれという様子で頷いてきた。

「……、わかったわい。ただし、これだけは忘れるな。必ず二人で生きて戻ってくるんじゃぞ?」

俺が頷くと、彼は早くいけとばかりに手を振ってきた。

◆

俺は避難場所から駆け出し、なんとかゴブリンたちが村に侵入する前に辿り着くことができた。

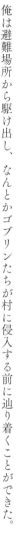

「柵の状況は!?」

柵の方に目を向けると、奴らは壊せなかったのか、柵をよじ登り始めている。

あの調子なら、もう少し時間はかかるだろう。

俺は時間に目星をつけてから、村の真ん中にあるマリーの家に向かった。

「マリー！　早く逃げるぞ！」

俺が声をかけると、マリーは何かを探しているのか家の中をひっくり返していた。

「ないのよ！　お母さんの形見のネックレスが！　どこにいったの？　ここに仕舞っておいたはずなのに！」

「ネックレス？　それはどんなネックレスだ？」

「真ん中に綺麗な石の入ったネックレスよ！　探して！」

俺はどこかで見た覚えがあったので、記憶を探ってみた。

だが、どこで見たかわからず、マリーにとりあえず逃げることを提案したが、家を燃やされて、全部なくなっていたら嫌だと拒否された。

命には代えられないと思うんだが、亡き母との思い出の品というのは、余程大切なんだろう。

仕方なく窓から外を見てみると、ゴブリンたちが既に柵の上の方に到着しつつある。

奴らの短足なら降りるのに時間がかかるだろう……。

と思っていたのだが、なんと奴らは柵から飛び降り始めたのだ。

「マリー！　拙いぞ、ゴブリンが柵を越えてきた！」

「でも！　見つからないのよ！」

そう言って彼女は、部屋の中をもう一度ひっくり返していた。

綺麗な石のネックレス？

あ！　あれだ！　ドーソンさんが持っていた奴だ！

「マリー！　そのネックレス、ドーソンさんが持っている！　だから逃げるぞ！」

俺の叫びを聞いて、マリーは「本当!?」と聞き返してきたので、頷き返した。

「急げ！　奴らこっちに向かってきている！」

俺とマリーが急いで外に出ると、街の入り口付近は既に魔物だらけだった。しかも奴ら、狂喜しながら家や畑を荒らし始めている。

幸いまだ見つかっていないが、このままここにいれば見つかる可能性が高いので、急いで逃げることにした。

しかし、走り出してすぐ、慌てたマリーが足をひねってしまい、うずくまった。

「い、痛い、足が動かない……」

「何をやっているんだ！　俺の背に乗れ！」

「でも……」

「いいから早く！」

俺は渋るマリーを背負い逃げることにしたのだが、人一人を背負ってそこまで早く走れるわけもなく、ゴブリンたちに見つかって追いかけられる羽目になった。

「ロイド！　後ろからゴブリンたちが来てる！　私を置いて逃げて！」

「今更一人で逃げられるか！　ドーソンさんとベクターさんに約束したんだ！　二人で戻るって！」

奴らは体が小さいため、歩幅も小さく足は遅い方なのだが、人を背負った俺よりは早く、裏山に到着するまでに追いつかれる可能性が高かった。

更に後ろから俺達を見つけたのか、ゴブリンたちの金切り声が一層大きく聞こえてきた。

「ロイド！　本当にこのままじゃ二人ともダメになっちゃう！　悪いのは私なんだから下ろして！」

「できるか！　そんなこと言ってないで逃げられるように祈っててくれ！」

だが、実際問題このまま行けば奴らに追いつかれる。

追いつかれれば、生きたままかじりつかれ、食べられるのだ。

そんな最後だけは、ごめんだ！

そうは思うものの、やはりスピードは出ない。

あと少しで追いつかれるくらいまで来た時、奴らは向きを変え始めた。

「え？　なんで追いかけてこないんだ？」

俺が疑問に思っていると、マリーが何かを見つけたのか、声を詰まらせながら指さしてきた。

「あ、あぁ、ロイド、あれ、ベクターさんじゃ……」

そう言われて、俺も息を飲んだ。

ゴブリンの群れの中に一人の老人が杖を片手に立ち向かっているのだ。

「ロイド！　ここは儂が引き受けた！　お前はマリーを連れて行け！」

「な、なんでベクターさんが、ここにいるんですか⁉」

「なに、マリーのことだからまたドジを踏んでいるんじゃないかと様子を見に来たら、案の定じゃっただけじゃよ。そして、儂は奴らに囲まれた。それだけじゃよ！」

何言ってるんだ？　いや言っている意味はわかるが、なんであんたが囮になっているんだよ！

「なんで⁉　なんで降りて来たんですか⁉」

「義理とは言え、息子を助けるのが親の務めだからじゃ！」

「俺は、俺はそんなこと頼んでない！　あんたも一緒でなきゃ、村はどうするんだよ⁉」

「甘えるな！　村長はもうお前じゃ！　ここは儂が引き受けるから逃げ延びろ！」

ベクターさんに怒鳴られたのはこれが初めてだった。

喧嘩した時もあったが、どんな時も彼は冷静に説教という形で怒ってくれた。

そんないつも温厚な、優しい彼が激しく怒る所をこんな形で見たくなかった。俺は首を振ろうとして思い止まり、絞り出すような声で彼に向かって叫んだ。

「……わ、わがりまじだ。必ず、必ず！　再建してみせます！　お義父《とう》さん！」

俺が涙ながらにそう言うと、彼は満面の笑みを浮かべて、魔物の群れの中で杖を振るって暴れていた。しかし、何匹ものゴブリンに一斉に飛びかかられて姿が見えなくなった。

恐らく魔物たちは彼を捕食するのに夢中になり、俺達を見失うだろう。

彼が見えなくなったのと同時に、俺達は裏山へと走っていった。

その間中、俺の背中ではマリーが何度も何度も何度も「ごめんなさい」と謝りながら泣いていたのが、耳に残っている。

裏山に避難してから一日後、俺達は村へと戻った。

そこで目にしたのは、滅茶苦茶に壊された家と畑、そしてベクターさんと思われる血の跡と折れた杖だけだった。

◆

前村長であるベクターさんの葬儀を行った後、俺達は村の再建に取り組むために各家の代表者達と話し合いを始めた。

だが、ここで大きな問題があることがわかった。

「恐らく魔物は、またこの村を襲ってきます」

そう言ったのは、村一番の狩人であるライズ・ヘクマティアルだ。

彼は山に入る関係で魔物の生態にも詳しく、今回の騒動についても一つの仮説を立てていた。

それは、爆発的増殖だという。

魔物は基本的に周囲の山の恵みを食べて成長し、山道等で人を襲い始めるのだが、前年に大量の人を襲うことに成功した魔物は食料が豊富になり爆発的に増えるそうだ。

そして、次の年になると増えた魔物は山の恵みや山道の人を襲うだけでは賄いきれず、近くの人里を集団で襲い、食料を確保しようとする。

しかも、一回だけでなく、討伐されるまで何度も彼らは襲ってくると言うのだ。

「何度もか？」

「えぇ、残念ながら何度もです」

このライズの一言に、集まった村民は一様に暗い表情となった。

かく言う俺もこの厳しい現実を前に、どうしたものかと悩んでいた。

「それで、街へ援軍要請に行くわけにはいかんのか？」

「残念ながら次の襲撃は持って行った食料と襲ってきた魔物の数から恐らく一週間後。援軍を要請して受理され、派遣されてくるのは、軽く見積もってもそれから二週間後です。間に合いません」

となると、村を放棄するか、立て籠もるかのどちらかか。幸いなことに村の柵は意外に頑丈にできていたようで、入り口を直せばまだ使える状態だった。

それに、ベクターさんに託された村だ、放棄するなんて選択はしたくない。

俺が悩んでいるのを皆が心配そうに見つめていた。

「……よし、ここは防衛戦をしよう。明日、村民全員を中央に集めてくれ、今後の方針を話したい」

俺がそう言うと、集まってきた代表者は、お互いに顔を見合わせてから質問してきた。

「ロイド、何か策があるのか？」

「あぁ、俺の知る限りの知識を使って、この村を守る」

俺の力強い一言に安心したのか、村民たちは帰っていった。

◆

次の日の朝、村民約五〇人が広場に集合した。俺は皆の前で方針を伝えた。

「みんな聞いてくれ、昨日の会議の結果、この村で防衛戦をすることに決定した。そこで今日は役割分担をお願いしたい」

俺がそう言うと、村民がざわざわと不安そうに話し始めた。

その話が終わるのを待って俺は自分の方針を話し始めた。

「まず、村の柵の前に堀を作る。これは男手と子供を使って行いたい」

「ほり？　ってのは何だ？」

どうやらこの世界では利水という考えがあまりないようで、堀について説明しなければならなかった。

「堀と言うのは、敵の侵入を防ぐための言わば見える落とし穴だ。一段低い場所を作って敵の勢いを止めるんだ。それにここに川の水を流せば、平時には水を村内に行き渡らせる役目もある」

「なるほど、それはいいな。で女手はどうするんだ？」

「女手は修繕できる家屋を直し、荒らされた田畑から食べられるものを見つけて加工してもらうのと、槍などの武器を作ってもらいたい」

「私らは武器なんて作ったことないよ？　できるのかい？」

「武器づくりに関しては、狩人のライズに指導してもらう。彼なら弓矢や罠も作れるし、矢を作る方法から武器も作れる。武器の作り方は彼に昨日教えているから聞きながらやってくれ」

ここまで話し、俺は一息入れ肝心の部分を伝えた。

「さて、ここで一番重要なことだが、誰か馬に乗れる奴に街まで援軍要請をしに行ってもらう。これは失敗できない任務だ。援軍がなければいくら防御が硬くても意味はない。正直ジリ貧になって俺達は負けてしまうだろう。あと、援軍が来るまでは村の全員で戦ってもらう。老婆は飯炊き、子供はその手伝い。あとは男だろうと女だろうと槍を持って戦ってくれ。敵をある程度叩けば、しばらくは襲ってくることはなくなるはずだ」

そこまで話すと俺は、村民全員の顔を見まわした。

不安の表情の者、やってやると息巻く者、どうしたら良いのか分からず怯える者と様々だ。

そんな彼らに俺は、大きな声で最後の頼みをした。

「俺はこの村の生まれじゃないが、前村長である義父さんに頼まれた。全力で村を守りたいと思っている。だから……だから俺に力を貸してくれ！」

俺は必死になって頭を下げた。

「……はん、何言ってんだよ。そんなの当たり前じゃないか！　俺はお前に着いて行くぞ、ロイド！」

「あぁ俺も！」

「私もよ！」

想いが伝わったのか、村民たちは俺の願いを快く聞き入れてくれて、賛同の言葉を次々とかけてくれた。

その言葉に俺が涙を浮かべていると。

「ロイド村長！　早く指示をしてくれ！　急がないとダメなんだろ？」

「そうだ！　そうだ！　早くやろうぜ！」

「……あぁ、そうだな！　全員これから頑張ってやるぞ！」

俺の掛け声に全員が大声で答えてくれた。

涙ぐみそうになるのを必死に我慢して、俺はすぐに堀の作り方について説明した。

「まず、堀の作り方だが、出入り口の所以外は全て掘る。掘る深さは、できれば腰まで欲しい所だが、今回は急ぎの仕事になるから膝まででいい。あと広さは、人二人が十分作業できるくらいの広さを、確保しながら掘ってくれ。掘る場所だが、入り口から左右に向かって進むのと、端っこから進むのと、その中間点から左右に進む合計八か所からスタートしてくれ」

俺の指示に掘り進む予定の男たちが頷いた。

「そして、子供と待機している男手は掘って出た土を柵の内側で一か所邪魔にならない所に固めて置いておいてくれ。これはもしかしたら後々使えるかもしれないから取っておく」

子どもと老人等の掘り続けるのが難しい人が頷いた。

「では、行動開始だ。頑張ってくれよ」

こうして、村の防衛力向上の突貫工事が始まったのだった。

◆

――村　マリー

ロイドが、村の皆の前で今後の展望を話していた。

彼は、もうすでに〝次〟を見ているのに、私は未だに前に進めていない。

それどころか、この村人集合の時も、私は後ろめたい気持ちがいっぱいで、みんなの輪に入れずにいた。

「……ロイドは、すごいな……。それに比べて、私は何もできないどころか、村長さんを……」

ダメだ、また泣けてきた。

もう、なんて言ったらいいのか、どうしたらいいのか分からない。

どんな顔して、彼に会ったらいいのだろう？

どんな顔して、彼と話したらいいのだろう？

それに、村の皆も今は何も言ってこないけど、きっと私のこと嫌いになっている。

お父さんは、『大丈夫』って言ってたけど、私が大丈夫じゃないよ……。

「はぁ〜、また、泣きそう……」

「泣いたらいいんじゃない？」

「ひゃっ!?　ロ、ロイド!?　いつからそこに？」

振り返るとそこには、ロイドが心配そうな顔をして立っていた。

「どうせ、『ベクターさんが死んだのは、私のせいだ〜。村の皆にどう言おう、どんな顔したらいいんだろう』って悩んでるんでしょ？」

うっ……。

なんでそんなに、私の心の中が分かるんだろう。

「そう言う時はね、何が原因だったのか、何をしたら防げたのかを考えるんだ。そうすれば、次に活かせるし、マリーの心も少しは晴れるよ」

「そ、そうなの？」

「あぁ、そうさ。それに今のままマリーを放って置いたら、心の病気になってしまう」

「心の、病気？」

なんだろう？　体がしんどいとか、体の病気は聞いたことがあるけど、心も病気になるのかな？

「そう、心の病気さ。ＰＴＳＤって言ってね、心に大きな衝撃を受けた時、なってしまう病気さ」

「ピーテー、エスデー？」

な、何の病気だろう、何が起こるんだろう？

私が首を傾げていると、ロイドが優しく続きを話し始めた。

「まぁとりあえず、話をしっかりとしよう。本当は昨日のうちにしたかったんだけど、できなかったからね」

「う、うん……」

それから私は、ロイドになぜ母の形見を大事にしていたのか、なぜ逃げなかったのか、それをどうしたら防げたのかを話し合った。

「……なるほど、だけどマリー。君がお母さんだったら、『命と形見』どっちを大切にして欲しい？」

「……命、かな？」

「うん、そうだよね。命に代えられるものはない。逃げなきゃならないなら、命を選ぶべきだったよね？」

「ベクターさんは、私のドジで死んだのかな……」

私の問いかけに、ロイドは目を瞑って考え始めた。

「ん〜、それは違うかな？　ベクターさんは誰であっても助けたし、もしかしたらゴブリンが山を登ってきたら、一人進んで犠牲になったかもしれない」

「でも……」

「うん、今回はマリーの責任だよ。だけどマリー、君はベクターさんが命を懸けて思いを託した一人なんだ。そして、俺もその一人なんだ。だから、二人でベクターさんのためにも頑張らないとね？」

その言葉を聞いた時、やっと胸につっかえていたものがとれた。

私は、その場で涙を流し、大声を上げて泣けたのだ。

そして、彼はそんな私の頭を優しく撫で続けてくれたのだった。

◆

堀づくりと並行して行っていたのが、村の出入り口である門の修理だ。

これは村の大工を中心に作り直しをお願いしている。

「何とも痛々しいデザインだな」

これは村唯一の大工であるマルコの言葉だが、確かに的を射ている。

なぜなら、今のままでは恐らく打ち破られる可能性があるので、門には数少ない刃物を飛び出させ、容易に登れないようにしてもらっているからだ。

「敵に登って打ち破られるよりははるかにマシさ。後、門の裏には開かないようにこんな形で三角のストッパーを……」

本来なら閂は門が開かないようにするものだが、今のままだと、魔物の勢いと重さで壊されてしまう可能性がある。

なので、門の裏に可動式のストッパーを付けてもらい、閂と併用することで、後ろに倒れにくくする工夫をしてもらうことにした。

「なるほど、こんな門は見たことねぇが、確かにこれなら打ち破られることは少ないな」

「あぁ、だが過信は禁物だからできる限りここに近づけない、近づかれても敵を一掃できる手段を作らなければならない」

「まぁ、その辺は村長であるロイドに任せる。儂はこの門の完成に全力を注ぐさ」

防衛強化の方針を告げた俺は、次の作業を見て回った。

俺が次に見に行ったのは、保存食作りのチームだ。

このチームは力のない老婆やそこそこ歳のいった主婦が中心となって活動している。

「おぉ～村長。これを見ておくれ、こんな感じでいいのかの？」

一人の老婆が俺を呼び止めて瓶をみせてきた。

「うん、そんな感じで綺麗にしておいてくれたらいいですよ。あとは塩をかき集めておいてください」

「それはもう少し足の動くのが、行ってくれてるから大丈夫じゃろ。どれくらいの塩が要るんじゃ？」

「そうですね。無事な野菜の量にもよりますが、恐らく村中の塩の殆どが必要でしょう」

この村は近くに大規模な岩塩の採掘所があるおかげで、行商の行き来が多かった。そういった理由から内陸部にありながら塩にだけはあまり困ることがなかったのだ。

そしてその岩塩は、この村の周囲の山からも少量だが今でも採掘でき、村でも塩を少しだけだが作っていたので、各家庭に大量の塩が置いてあると聞いたのだ。

そこで、俺はこの塩を大量に使って漬物を作ることにした。

漬物は塩分濃度が高ければ高い程腐りにくく保存がきく。

また、蕪についても薄切りにして塩をしっかりと振りかけて壺に入れておけば、調味料が少し少ないが千枚漬けモドキのでき上がりだ。

「そんなに大量の塩が要るのかい？　こりゃ失敗したらただではすまんの」

そんなことを言いながらも老婆の顔は笑っていた。

それはまるで、秘密を教えてもらった子どものような笑顔だった。

「……しかし、腕が鳴るわい。齢六〇越えて初めてのことがこんなに起こるとは、長生きはしてみるもんじゃて」

「ははは、それじゃ、保存食作り頼みましたよ」

俺はそう言うと、保存食作りの横で作業している武器作りのチームを視察した。

ここは、若い女性が中心になってライズに教えてもらいながら作っていた。

「あ、ロイド～」

武器作りチームに入っているマリーが俺を見つけて声をかけてきた。

彼女が手に持っているのは、槍だ。

ただ、槍と言っても穂先は刃物ではなく細く尖らせた木だ。

「見て見て、こんな感じでいいのかな?」

そう言って彼女は持っている槍の穂先を見えるように持ってきた。

見た感じ彼女自身は一昨日のことを引きずっている様子はなかったので、まずは一安心してよいだろう。

そんなことを考えながら彼女の作った穂先をチェックし、特に問題がなかったので大丈夫だと伝えると、ほっとしたのか、笑顔がみられた。

「それじゃ、これをもっと作ってね」

「あっ!」

俺はそう言って彼女に槍を返そうとした瞬間。

「おっと!」

落としそうになった槍を掴もうとした。

「よかった」

そう思ったのだが、次の瞬間彼女の手を握っていることに気が付いてしまった。

慌てて俺が手を放そうとすると、彼女は俺の方をジッと見てから徐々に顔を赤くしていった。

そんな様子を見ていると、俺も気恥ずかしくなってしまい、手を放すタイミングを見失ってしまった。

「お二人さん。アツいのは分かるけど見せびらかさないでよ」

周囲からそんな野次を聞いてやっと我に返った俺は、慌てて彼女の手を放して武器作りチームのみんなに声をかけた。

「あ……、えっと。武器作りチームは、今回の中でもかなり重要だから頑張って作ってくださいね。特に槍と弓矢はこちらにとっての一番の武器ですから、大量に作ってください」

俺が全員に声をかけると、先程まで笑っていた彼女達は黙って頷いてから作業に集中しだした。

そう、これが俺達にとっての唯一の武器になるのだ。

俺は彼女達に声をかけた後、指導しているライズに小声で相談を持ち掛けた。

「ライズもすまないがよろしく頼む。あとできたらなんだが、手を空けられるようなら近くで鳥でも狩って、食料を増やしてもらっていいか?」

「そんなに食料は足りないのですか?」

「正直言って厳しいと思う。奴ら散々奪っていきやがったからな。特に麦の備蓄の大半がなくなっているのは痛かった。今年の税は払い終えているから大丈夫だが、次の収穫までにかなり困窮する可能性が高い」

「わかりました。この調子なら明日にも手は空くと思うので、食料を取ってきましょう」

「あぁ、頼んだぞ」

俺はそう言って最後の視察場所に向かった。

それは応援要請をする村民の激励だ。

「ゴードン、すまないが援軍要請頼んだぞ」

「えぇ、任せておいてください。絶対に援軍を連れてきますから」

彼はこの村で俺とベクターさんを除いて、唯一字の読み書きができる村民なのだ。

そして、何よりも彼は俺の前の村長候補でもある。

俺自身が望んだ訳ではないが、彼を押しのけるような形になって村長に就任した。

そのことが気になって彼にたずねたことがあるが、彼は「むしろ助かった」と笑いながら言っていた。

そんな柔和な人柄もあり、援軍要請を決定した時点で、彼が派遣されることはほぼ決定していたと言っていい。

こうして俺は視察をしながら、準備を整え一週間余りが経過した頃、奴らが動き出したという知らせが届いた。

◆

「行ケ、奴ラヲ喰ッテシマエ」

ゴブリンたちが金切声をあげ、襲い掛かってくる。

こちらは成人男女三〇名、老人四名、高学年くらいの子供が三名の計三七名で迎撃をする。

残りの一三名は飯炊きと、迎撃のための槍を渡す係の子供達に乳幼児が少しだ。

「敵が攻めてくるぞ！　入り口のストッパーを確認しろ！　門もして絶対に破らせるな！」

敵は正面から横に広がって攻めて来た。

堀があるのは見えているが、低脳なゴブリンではその意味も解らずただ突っ込んでくるだけだった。

柵の間から槍を突き出して、よじ登ろうとするもの、柵を壊そうとするものを突き殺していった。

「ギャー！　痛イー！」

「ナゼダ!?　上手ク登レナイ！」

「退ケ一度退クンダ！」

ゴブリンたちはこちらの抵抗が予想以上に激しかったからか、距離を取って様子を窺ってきた。

「ロイド村長！　今追撃すれば俺達の勝ちになるんじゃないか!?　なぜ追撃しないんだ？」

「無茶言わないでくれ！　いくらゴブリンが死んだり怪我したと言ってもまだ二〇匹も倒してないんだ！　今追撃すれば確実に逆襲されてこっちが壊滅だ！」

「うぅ、村長がそう言うなら行かないが、本当に守ってるだけでいいのか？」

「あぁ、大丈夫だ。ゴブリンは元々用心深く小心者な傾向がある。あいつらは無理攻めできないはずだ。それに攻めるとしてもこの正面の門以外は堀で足を取られる。奴らの身長では堀を越えるのすら

難しい」

俺がそこまで言うと、追撃を進言してきた村人は黙ってくれた。

俺達が話をしていると、ゴブリン達も次の手を考えついたのか、また攻めて来た。

「村長！　次はまっすぐ門を目掛けて走って来やがる！　ってあれは倒木を持ってきているぞ！」

その報告を聞いて俺は驚いた。

低脳と言われるゴブリンが原始的とはいえ、門を打ち破るために破城槌《はじょうつち》を考えて行ってきたのだ。

「不味い！　敵は門を攻略する気だ！　少し早いが門前の罠を使え！」

俺がそう命令すると、ライズが火矢を放って門の前に予め設置していた罠を発動させて、火柱を上げさせた。

俺が仕掛けたのは、道に予め油を染み込ませた枯草を配置し、その上からさらに油を撒いたものだ。

枯草だけでは火矢が届かない場合大変なことになるので、油を撒いておいたが、予想以上に良く燃えている。

流石にこの炎を見た破城槌のゴブリンは怯んで足を止めてしまった。その間にこちらは、弓の名手であるライズが、一匹ずつ射殺していった。

ライズが四匹ほど殺した所で、最初に破城槌を持ってきたゴブリンが逃走を開始した。

これを見たゴブリンの司令官らしき個体は、きぃきぃ声でがなり立て、全軍に突撃を指示した。

「敵がまた全軍突撃を開始しました！」

「ライズ！　敵の指揮官らしき奴は射殺せるか!?」

「無理です！　もっと近ければ撃てますが、遠すぎて矢が届かないか、届いても威力が弱すぎて殺せません！」

どうやら敵の司令官は弓の飛距離を感覚で分かっているようで、上手く距離を取っている。

「敵の先頭が堀に突っ込んで、後続部隊の橋を作っています！」

「近づく奴から槍で討ち取ってくれ！　手が空いたら下で足場になっている奴を始末して！」

敵の指揮官はそこそこ頭がいいらしく、兵が死んでも足場が確保できる策を使ってきた。

だが、それでも足場が悪いため、素早く動けない個体がいると、そこを柵から一突きして堀の下に落としていった。

◆

戦端が開かれてから六時間以上が経過した頃、ゴブリンの数が目に見えて減ってきたことがわかった。しかし、訓練も碌にできていない村民達も消耗し、殆どの者が肩で息をし、槍を杖代わりにしている状態だ。

「はぁはぁはぁ……。これ以上来られるとこっちは、そろそろ危ないな……」

「て、敵、がまた攻めてきます。数は、三〇です」

物見を兼任しているライズから報告が来たが、正直誰も槍を突ける状態ではない。

「皆！　後、後一息だ！　最後の一突きで、一人一殺でいい、それだけできれば敵は登ってくることもできないはずだ！」

俺は最後の檄を飛ばすが、返事は全くと言っていい程返ってこない。

「行ケ、後、少シダ」

敵の指揮官が声の聞こえる距離まで近づいてきたが、ライズの矢筒にはもう矢がなくなっていた。

弓の先端に刃物をつけて、一応弭槍《はずやり》のようにいるものの、正直自衛のためだけで、敵が近くにいないと意味がない。

そんなことを考えている間にも敵は堀を越え、柵の近くまで来始めていた。

「死んで！　堪るかぁ！」

俺は最後の力を振り絞ってゴブリンを突こうとしたが、握力がなくなり、槍を放り投げる形になってしまった。

「あぁ、これで終わりか……？　あれ？」

俺の投げてしまった槍は柵の間から通り抜け、放物線を描き、なんとゴブリンの指揮官の太ももに直撃し、刺さってしまったのだ。

「ギャーーー！　痛イ！　痛イ！」

指揮官が叫ぶ声を聴いたゴブリンたちは、これまで堪えていた不安と恐怖が爆発し、蜘蛛の子を散らすように一目散に森へと逃げて行ったのだ。

「待テ、俺ヲ置イテイクナ！　待ッテクレ！」

足を怪我して動けなくなったゴブリンの指揮官は他のゴブリンに見捨てられ、一人村の前に取り残されていた。

ただ、こちらも余力を全て使い切ってしまったので、もう立つこともできなくなっていた。

「だ、誰かあいつに止めを……」

そう俺が呟くと、今まで隠れていた老婆たちが出てきた。

彼女達には最悪の場合に備えて裏山近くで待機してもらい、俺達が負けた時は赤子や幼児たちを連れて山へ逃げ、村の再興ができるようにしていたのだ。

だが、ゴブリン共が逃げていくのが見えた彼女たちは、幼児を連れて戻ってくると、取り落とされた槍を持ってゴブリンの指揮官の周りを囲ったのだ。

「ベクターの仇じゃ！　あまり近づかず、一気に行くぞ！　そぉーれ！」

「ギャー！　痛イ！　助ケテ！　痛イ！」

老婆たちは一斉に槍を突いたのだが、彼女たちの弱い力では、一気にゴブリンの急所を突き刺すことができず、何度かにわたって滅多刺しにすることになった。

その度にゴブリンの指揮官は悲鳴を上げていたが、四、五度目の突きでついに叫び声も聞こえず、動かなくなった。

ゴブリンが動かなくなったのを見た老婆は一応最後の一突きを入れ、槍を突きさしたまま村の中へと戻ってきたのだった。

「村長、どうじゃ？　わたしゃらもまだまだいけるじゃろ？」

「アハハ……、お婆ちゃんたちも今度からは予備の戦力に数えないといけないね」

「そうじゃろ、そうじゃろ」

俺の言葉に嬉しそうに頷いていた老婆たちは、疲れ果て、死屍累々といった状態の村民を見回して、にこやかに話し始めた。

「今からとびっきりのスープを作るからね！　みんなそれまでくたばるんじゃないよ！」

「ほんに、わたしゃらよりも先に逝くでないよ！」

そう言って大笑いしながら、食材の準備をし始めた。

とりあえず、一段落着いたことに疲れ果てた村民と俺は、彼女たちが用意するスープができ上がるまで安堵の眠りにつくのだった。

CHAPTER 02
第二章

――某所　？？？


とある場所のとある屋敷で二人の男女が肩を寄せ合い話していた。

屋敷には所々に値の張りそうな調度品が置いてあり、家主がそれなりの身分であることが窺える。

「のぉ、そろそろわしのものに……」

小太りな男がそう言って女の膝に手を置いたが、彼女はそっとその手を添えて彼の膝の上に戻した。

「また、その話ですか？　確かに魅力的ではありますが、……それよりもこの品物なんていかがでしょう？　きっと世の女性を虜にしますよ？」

彼女がそう言って差し出した小瓶には、紫がかった不気味な液体が入っていた。

彼はそれを手に取り、しばし考えていた。

「ムムムム……、だが値が張るのだろう？」

男の質問に彼女は黙って頷き、指を三本立てた。

「金三枚はくだりません。ただし、効能は格段に違うでしょう。何でしたら一緒に連れて来たこの奴隷にお試しになっても構いません」

彼女がそう言うと屈強な男に連れられて、奴隷の少女が入ってきた。

ただ、少女は奴隷というにはあまりにも身綺麗で、長く黒い髪はしっかりと手入れされていた。

男は、一瞬彼女が奴隷ではないのではと感じるが、首元の鎖がそれを否が応でも再認識させる。

「奴隷か、確かに試すには丁度良いかもしれんな」

男は小瓶を片手に少女に近づくと、口の中に少し液体を入れた。

次の瞬間、彼女は一瞬目を見開いたかと思うと、男にしなだれかかって恍惚の表情を浮かべるのだった。

「ほほぅ、確かにこれは本物の様だ。ただ金三枚はすぐには出せないのだが……」

「でしたら、等価になるだけの物でも構いませんよ？」

彼女の意外な申し出に男は一瞬考えた。

屋敷自体は立派ではあるが、正直内装はそこまで追いついていない。

特に彼が目指しているほどの豪華さは出ていないのだ。

逆にそれは、彼にとって屋敷の物を持っていかれるのはさほど苦しくはないし、生活に困るものでなければ大丈夫だということだ。

「よし、生活に必要なもの以外なら持って行っても構わん」

男がそう言うのと同時に彼女は、連れてきていた男たちを呼び込んだ。

「よし！　騎士様の許可がおりたわよ。お前たち、目利きをしてしっかりと選びな」

「へい！　姐さん」

それから数十分後、彼女達は彼の家に置いてある金目の物を金三枚分運び出したのだ。

その量たるや、荷車三台の内二台が満杯になるほどだった。

「良い取引ができました。騎士様」

「いや、こちらこそいいものが手に入ったよ。ただ、これだけ強力な薬だ。何か注意することはあるかな？」

男のその問いに、彼女は微かに微笑みながら応えた。

「流石は騎士様。おっしゃられるようにその薬には注意点がございます。それは相手によって効き目が多少違うということです。彼女は効き易い体質でしたが、他の女性では効きにくい可能性もあります。ですので、量を間違えないようにお使いください」

「なるほど、効きにくいものにはある程度多めに飲ませるのだな？」

「左様でございます。ですが、飲ませ過ぎにはご注意ください。薬の効き目に心の臓が止まることがありますので」

女がそう言うと、男はゴクリとつばを飲み込んだ。

自分の持っているものが、とんでもない物かもしれないのだ。

細心の注意を払わなければならないと肝に銘じたのだろう。

かくして女は、騎士の屋敷から〝生活に支障がない〟程度に調度品を持ち去るのだった。


——馬車内　？？？


貴族というのは、本当に商売の相手としていいカモだ。

私はそんなことを考えながら、ニヤニヤと馬車内部の調度品を見ていた。

「ウフフフ、これなんて一個で銀五〇枚はくだらない逸品だし、こっちは恐らく家宝にしても遜色ない一品。価値の分からない貴族様が持つには勿体ないというものね……」

「流石は、ご主人様。あの騎士まんまと引っかかりましたね」

私が調度品たちを丁寧に見ていると、後ろから声をかけてくる者がいた。

振り向くと、先程まで奴隷の〝役目〟をしていた少女である。

そう、彼女は奴隷ではなく、私の隊商のメンバーだ。

「ちょっと、人聞きの悪いことを言わないで。一応あれには催淫効果があるって言われているものが大量に使われているんだから」

「あら？　確かにそうでしたね。でも効果のほどは……」

「「ない！」」

私たちは少し見つめ合った後、大声で笑いだした。

そう、効果があるかどうかなんてわからないのだ。

ただし、嘘はついていない。

デモンストレーション後にちゃんと〝個人差があります〟と伝えたのだから。

「でもこれだけの物を貰えるなんて感謝の言葉しかないですよね。あのエロ貴族には」

「まぁ、その代わり水や食料の入った樽が真ん中の荷馬車に集中しちゃったのが、難点だけどね」

私はそう言って、ため息を吐いた。

本来なら水はなくてはならない物なので、各荷馬車に分散させるのが常道だ。

ただ、今回は荷が多かったために水を入れた樽を一か所にまとめざるを得なかったのだ。

「でも、次の街までは二週間程度でしょ？　そうそう水がなくなるような状況は起きないですよ」

「そうだと、いいんだけどね。まぁ、そんな起るか分からないことを心配しても仕方ないわね。次の休憩後、貴方は真ん中の荷馬車に移ってくれる？」

私がそう言うと、彼女は笑顔で頷いてきた。

これから次の街に行って、この手に入れた調度品を売るのだ。

これを高値で捌けば、今まで以上に大きな成功を手に入れられる。

私は、そんな希望に胸を躍らせながら次の街を目指すのだった。

◆

次の日、堀に詰まってしまった息のある個体の止めと死体の除去を全員で行い、埋めることにした。

魔物とはいえ一応生き物である。

襲ってきたのも彼らにとっても生活が掛かっていたので、憎いが野晒しにしてやるほどではないという結論に到り、穴を深く掘りその中に彼らを放り込む形で埋葬した。

もちろん最後は火をかけて消毒してから塚を建てておいた。

それからは村の復興に取り組んだ。

柵はかなり丈夫なのか、血糊を取り、ヤスリがけを少しすると、元の状態とあまり変わらなかった。

門の刃物は危険だと判断し、取り外すこととなった。

というか外さなければ、貴重な刃物が使えない状態のままになるのだ、それだけは避けたい。

門や柵の修繕と並行して、破壊された家屋を建て直し、田畑を耕した。

半壊程度の家はそのまま壊れた個所を修理して使い、全壊・全焼していた家は基礎からの建て直しになったので、家の向きを変えた。

これまでは村の真ん中を十字に二本の道が通っており、その道に対してのみ出入り口があったが、今回のようなことが突然あって避難せざるを得ない状態になった時には逃げにくいのだ。

なので、家の出入り口を二つに増やした。

いわゆる勝手口という奴だ。

そこを避難経路として確保して素早く逃げ出せるようにした。

ただ、これを行うにはかなりの木材が必要で、人の住んでいなかった家を解体しながら進めることになった。

「おい、村長！　これかなり重いぞ！　俺達だけじゃ無理だよ！」

そう言って声をかけてきたのは、村の若い男手だ。

体力勝負ということもあって、比較的力の強い若い男を選んだのだが、如何せん直す家の数が多すぎるのだ。

直す家が多ければ、必然的に運ぶ木材の量も増えてくる。

そうなると、流石に若い衆でも体力的に厳しくなってくるのだ。

「そこを何とか頼むよ。家屋の建て直しを進めないと、このままじゃいつまで経っても復興しないんだ」

「だが、実際問題人手が足りないぞ。もう何人か増やせないのか？」

「そうしたいのは山々なんだけど、復興するのは家だけじゃなくて畑もなんだ。できるだけ分担して同時に進めないと、税が払えなくなってしまうよ」

俺がそう説明すると、村の若い衆も渋々と言った様子で従ってくれた。

ただ、確かに人手は足りていない。

特に力のある男手が足りないのだ。

本当ならドーソンさんのような人に手伝ってほしいのだが、あっちはあっちで彼がいないと倒木の除去ができないと言われている。

確かに彼一人がいることで、畑の復旧はかなり進んでいるのだ。

「……ねぇ、ロイド？」

俺が考え込んでいると、後ろからマリーが少しためらいながら話しかけてきた。

「ん？　どうかしたのかい？　マリー」

俺が彼女の方を向くと、少し顔を赤くしながらモジモジとしていた。

そんな彼女の様子を見ながら話し始めるのを待っていると、意を決したのか口を開いた。

「あのね、よかったら私をこっちで使ってほしいんだけど」

「え？　でもここはかなりきつい力仕事だよ？　畑の方がまだ楽だと思うけど……」

「あっちはね、お父さんもいるし……、それにだいぶ進んだから私一人くらいならこっちに来ても大

丈夫だよ」

（まぁ、確かに向こうはかなり進んでいる。ドーソンさんの働きが大きいのだろうし、彼がいればあとは大丈夫かもしれない。特に戦力になるとは思えないけど、彼女もやる気だしさせてみるのも良いかもしれない）

そう考えた俺は、彼女をこちらで使うことにした。

「それじゃあ、あの梁をこっちに移動させてくれるかな？　えっと何人か……」

「うん、わかった！　あの梁だね？」

（ん？　俺が言い終わる前に走って行ってしまったぞ？　あんな大きな梁を持って移動できるわけ……。嘘だろ？）

俺は目を疑った。

いや、疑ったなんて生ぬるい、弾劾《だんがい》してしまいたいくらいの気持ちになった。

なぜかって？　そりゃあ目の前であの細身で華奢そうなマリーが、一人で梁を肩に担いで歩いてきているのだ。

自分の目と脳がついにダメになったのかと思ってしまうのは当然である。

「え？　ちょ、マリー？　それ重くないの？」

「ん？　これ？　あんまり重くないよ。ロイドも持ってみる？」

俺のやっと出た突っ込みに彼女はキョトンとした表情で応えた。

そして、手に持っている梁をこちらに渡そうとしてきたので、俺は慌ててそれを拒み、所定の位置で降ろすように頼んだ。

「マ、マリーはかなり力持ちなんだな」

「うん、お父さんと一緒に生活していると色々と持たないといけなくて、いつの間にか重いものを持つのが得意になってしまったの……。ダメだよね、こんなの……」

そう言うと、彼女は俯いてしまった。

確かに女の子が重いものを持てるというのは、男としてはかなり強烈な衝撃を受ける。

実際に彼女のそういった面を知った俺としては何とも言い難い。

ただ、それは彼女を拒否する程のものではない。

「いや、そんなことはないよ。人には誰しも得意なことと苦手なことがある。その得意なことがマリーはたまたま重いものを持つことで、細かい作業をすることが苦手だっただけだよ。だからその得意なことを俺は活かして欲しいし、その力で支えて欲しいな」

そう言って俺が彼女に微笑みかけると、一瞬ビクッとしたかと思うと徐々に顔を赤くして材木置き場に走って行った。

そんな俺たちの様子を遠巻きに見ていた村民の若い衆が、ニヤニヤとしながら俺の肩に手を置いてきた。

「村長～。中々やりますね。あれだけ堂々と爽やかに言われたら」

「え？　どういう意味だい？」

俺が何を言っているのか分からないという表情をすると、先程までニヤニヤと笑っていた村民たちは呆れた顔に変わり、やれやれといった感じで作業に戻っていった。

「え？　ちょ、みんな。俺なんか変なこと言った？」

「その罪深さをいつか後悔してください。いや、いっそ燃えてください」

それからしばらく若い衆からはやれやれといった表情をされ、マリーは会うたびに顔を赤らめ逃げていくのだった。

◆

二週間後、ゴードンが援軍を連れて帰ってきてくれた。

彼は帰ってくるなり俺に頭を下げて謝ってきた。

「すまない。だいぶ頑張りはしたのだが、援軍が……」

彼がちらりと援軍の方に視線を送ったので俺も目を凝らして見てみると、老人と新兵と思しき若者だけなのである。

それもたったの二〇人だけだった。

「領主様には会えなかったのか？」

「あぁ、領主様は中央へ行っているとの一点張りで、こちらの援軍要請を断られてしまって、なんとか家宰様に頼み込んで出してもらった援軍もこの通り、使い物になるか怪しい集団しか貸していただけなくてな」

流石に地方の一農村が危機に陥っても助けてくれないか……。

本当なら撃退したゴブリンの巣を完全に駆逐してほしかった。これが来年の税を納めた後だったら、収穫量の多さから考えも変わっていただろうけど、仕方がないか。

「まぁとりあえず、ゴブリンは撃退できたし、指揮官も排除できた。だから援軍も今回は必要なったからあまり落ち込まないでくれ。それよりも村の修復が必要だし、彼らも一日くらいは接待しないといけないから、その準備を頼んでもいいか？」

俺の慰めにゴードンは顔を上げて頷いてくれた。

「わかった。できるだけの接待をして、明日帰還できるように準備しておくよ」

そう言ってゴードンは走っていった。

その後ろ姿を見送りながら俺は物思いにふけっていた。

恐らく領主は今回の騒動について知らないふりをする可能性が高い。

それは、ベクターさんから聞いた話や日記等の資料から見る領主の為人があまりいいものではないからだ。

特に飢饉に陥りそうな時に種籾まで持って行こうとするのは領主としてやり過ぎだ。

恐らく我欲が強いか、上がかなり煩いかのどちらかだろう。

今は耐えるしかないけど、村が発展したら恐らくちゃちゃを入れてくるし、最悪の場合相手が武力に訴えてくる可能性はあるかもしれない。

となると、今の防御施設ではとてもじゃないが守り切れない。

それに新兵と老兵だけとはいえ、末端の兵達でも鉄製の武器を持っている。

青銅じゃなくて鉄ということは、こちらの武器は全く通じない状態と考えていいだろう。

どうするべきか、色々考えていかなければならないな。

俺がそんなことを考えていると、マリーが声をかけてきた。

「ロイド〜、お客様が門の前に来てるから早く来て〜！」

「お〜！　今行くよ。どんな人たちだった？」

「ん〜、旅の商人って感じの人だったよ」

「旅の商人？　ここには特産も何もないから来ても意味ないはずなんだけどな」

「とりあえず会って話を聞いて。私たちじゃ話を聞いてもわからないのよ」

(聞いてもわからないって……。自分の村なのに、それはそれで問題だよな)

と考えながら門の前に移動すると、約二〇人の隊商とその主人と思しき二歳〇前後の女性がいた。

「初めまして。え？　あなたが村長ですか？」

そう言って隊商の主人は驚いた表情をしていた。

まぁ村長って、普通年寄りがするものだから驚くわな。

「えぇ、私が村長をしているロイド・ウィンザーです」

俺はそんなことをおくびにも出さず、にこやかに挨拶をした。

そんな俺の態度を見て、冗談ではないとわかった隊商の主人は商人の儀容《ぎょう》に則り挨拶をしてきた。

「これは、申し遅れました。私はスフォルツァ商会、会長の娘でこの隊商の主人をしております。ドローナ・スフォルツァと申します。この度は突然の訪問、失礼いたします」

ドローナはそう言うと、にっこりと微笑んできた。

マリーが可憐であれば、ドローナは妖艶という印象のある美人で笑うとより一層艶やかに見える。

俺がドローナの笑顔に少し見とれていると、隣にいたマリーから肘鉄が飛んできた。

「うぐぅ！　……失礼しました。それで本日はどのようなご用件で我が村へお越しになったのでしょうか？」

「実は、この近くを通るまでの間に水の入った樽を魔物に壊されてしまいまして、我々は現在、一滴の水も持っていないのです。ですので、水をお売りいただけないかと思いお邪魔させていただきました」

そう言われて彼女の隊商のメンバーを見ると、皆所々傷を負っていた。

彼女も顔はともかく、服などに土汚れがついており、必死に防戦したであろう痕がいくつも見えていた。

「近くで魔物ですか……。それはゴブリンではなかったですか？」

「よく今の話だけでお分かりになられましたね。その通りゴブリン共にやられまして、その際私共の仲間も数名ゴブリンの餌食に……」

彼女はそう言って、思い出してしまったのか悲し気な表情になっていた。

「……そうでしたか、この村も先日襲われて撃退したところでしたので、逃げた奴らがまた徒党を組み始めたのですね」

俺の言った「撃退」と言う言葉にドローナが驚いていた。

「失礼ですが、こんな小さい村で撃退なされたのですか？」

「えぇ、ギリギリでしたが、一〇〇匹ほどのゴブリンとその指揮官らしき者を撃退しました。なんでしたら村の少し離れた所に石碑があるのでご覧ください。掘り返したらゴブリンの骨が大量に出てきますよ」

俺が一〇〇匹のゴブリンと言ったことにまた彼女は驚いた表情をしていた。

まぁ、この寂れた村で撃退したなんて普通ならあり得ない話なのだから仕方がない。

「おっと、ずっと立ち話もなんですね。マリー、隊商の皆さんに水を一杯ずつ飲ませてあげておいて、俺はドローナさんと家で商談してくるから」

俺がそう言って、ドローナを家へと連れて行こうとすると、マリーが慌てて声をかけてきた。

「ちょ、ちょっとロイド！　私も行くからね!?」

「それじゃ僕らの水も用意してきてね」

そう言って手を振ると、彼女は頬を膨らませながら、隊商の人たちに水を配り始めたのだった。

◆

ドローナと俺は、村長宅で机を挟んで商談を始めた。

「まず、水をと言うことですが、ご覧の通り我が村では井戸の水以外は谷の下まで汲みに行かなければならず、しかも川の水は衛生上あまりよくありません。ですので、それなりに値が張ることを覚悟いただかなければなりませんが宜しいですか？」

「値が張るのは致し方ありません。全ては水をなくしてしまった我らの責任です。どれくらいの値になるのでしょうか？」

俺は手を開いてドローナに見せた。

「銀五枚ですか？」

「いいえ、金です」

「法外な！　銀五枚でもかなりの高値なのに金五枚は無茶です！」

彼女は興奮した様子で、机を叩き立ち上がった。

この世界では金一枚で立派な家が建つ値段になる。

そのことを考えれば彼女の興奮も納得というものだ。

だが、こちらもそんなことで退いていられない。

「ですが、命を救うのに金五枚でも安いと思いますが？」

「確かにそうですが、他に何か手はないのですか？　流石に即金で金五枚なんてとてもではないが払えません！」

そう言うドローナを見ながら、俺は用意していた次の案を提案した。

「仕方がないですね。でしたら手形を書いていただきましょう」

「手形……ですか？　何を約束すればよいのでしょう？」

「今後隊商がこのルートを通る時に必ず私の村に寄り、物資を購入して販売する、ということを約束していただきたいのです」

「それは隊商としても吝《やぶさ》かではありませんが、それを約束したら水をいただけるのですか？」

「えぇ、流石にタダと言う訳にはいきませんが、銅一〇枚までまけましょう」

俺の一言にドローナは考え込んでいた。

隊商としては素早く大きな街を行き来するのが、一番利益率がいい。だが、ここで断って水を売ってもらえなければ全員が次の街までに干からびてしまう。

そして手形で約束をしてしまった場合、商人としては約束を守らなければ信用がガタ落ちになってしまう。

このルートを通らなければと一瞬彼女も思っただろう。

しかし、この村の場所は少し外れているがかなり重要な道が近くにあり、どうしてもその道を通らなければならないのだ。

これらのことからドローナは非常に迷っていた。

正直この村はかなり小規模で他の村に比べても旨味が少なすぎる。

だが、今を生き延びなければならないと判断したドローナはこの提案を条件付きで飲むことにしたようだ。

「失礼ながらこの村はかなり小規模で、売り上げがあまり見込めると思えません。ですので、三ヶ月に一回立ち寄ることでご勘弁願えませんか？」

ドローナの提案は俺の予想通りの内容だった。

この村の規模なら二～三ヶ月に一回来てくれたらいい方だと思っていたので、この条件を俺は承諾することにした。

「わかりました。確かに村の規模はまだまだ小さいので仕方ないですね。では三ヶ月に一回必ずお立ち寄りください。恐らく次にお越しになられる時には特産品もでき始めるでしょう」

「わかりました。その特産品は見させていただいてから、考えさせていただきます」

こうしてドローナと俺の商談は終わった。

すると、ドアが勢いよく開いたかと思ったらコップに水を入れて持ってきたマリーが立っていた。

「お水をお持ちしました！　村長！」

一体何を怒っているのか分からないが、もの凄く俺を睨んでくるマリーに戸惑っていると、向かいに座っているドローナが俺とマリーを交互に見てからくすくすと笑っていた。

「ま、マリーさん？　何か、怒ってます？」

「別に！　私怒ってなんかないもん！」

どう見ても怒っているようにしか見えないが、兎に角商談は終わったので、村民に三樽分水を詰めて渡すように指示をした。

次の日、隊商と援軍に来た兵達を見送った。兵に関してはゴードンが責任をもって領主様の所まで返しに行くと言って着いて行った。

◆

――村内　ハートレック家　ドーソン

最近娘の様子がおかしい。

料理の時に突然顔を赤らめながらクネクネし始めたかと思ったら、次の瞬間にはため息を吐いて物凄く憂鬱そうな表情をするし、たまにボーっとしておかずを焦がしている。

今日も横の谷川で取れた魚が配給されたので、それを焼いていたのだが、見事に真っ黒になっていた。

「マルシール、何かあったのか？　最近様子がおかしいぞ？」

俺の問いかけに対しても彼女は気づいていない。

仕方がないので目の前で手を振ってやると、やっと気が付いたのかハッとした表情になった。

「え？　あ、ごめんね。いただきます！」

うん、これはかなりおかしい。

「マルシール、体の調子が悪いならロイドに診てもらうか？　簡単な治療ならできるって言ってたぞ？」

「ロイド！　え、あ、ううん大丈夫！　大丈夫だから、体は全然元気だよ！」

そう言ってない力こぶをみせようとする娘に、どこか哀愁が漂っていたのはきっと気のせいだ。

俺の心配は募るばかりである。

◆

――ハイデルベルク王国　ドレストン男爵領　ドレストン男爵邸

窓際で一人の恰幅の良い男が酒を片手に、家宰からの報告を聞いていた。

その報告は、男が先日見捨てた村についての詳細な情報だった。

「なに!?　たった五〇人程度の村でゴブリン一〇〇匹を撃退しただと!?」

男は、手に持ったグラスを取り落としそうになりながら聞き返した。

その様子を家宰の老人は冷静に見ながら淡々と報告を続けた。

「はい。兵を貸したゴードンという村の者が言うには援軍は必要なくなったのでお返しすると、先日連れ帰って来ました」

男はその報告を聞きながら考えていた。

彼が家宰に命令して寄越したのは、領内でもあまり役に立たない新兵や老兵である。

老兵にいたっては、領内にいても無駄飯ぐらいになるだけであまり役に立たず、あわよくば死んでくれと願ったほどだ。

それに、死んだら死んだで村が生き残っていたら、その保障費を税に上乗せしようともしていたのだ。

それらの計画が全て崩れたのは、彼にとって意外なことだった。

「ところで、その村は今年の税は収めていたか？」

「はい、ギリギリではありましたが、麦で納税しております」

「……そうか、流石にそれ以上やっては寄り親に怒られてしまうな」

「はい、これ以上搾取すれば恐らく伯爵様にお咎めをいただくかと」

流石に彼も寄り親である伯爵家の不興を買うことには、躊躇《ためら》いがある。

寄り親とは、自分より強大な領主であり、直属の上司にあたる存在だ。

そんな懸念もあって、彼は家宰の諫言を受け入れ、税の搾取を一旦保留することにしたのだった。

◆

――ハイデルベルク王国　国境付近　街道

ロイドの村を出発してから三日後、国境付近の街の近くまで来たスフォルツァ商会の隊商は、ロイドの話でもちきりだった。

「しかし、姐さんよくあんな辺鄙な村に行くことを了承しましたね」

「ん？　あぁまぁ足元見られたからね。それにあいつの交渉上手いのよ。最初に無理な要求してきて後でギリギリ飲めそうな要求を出してきてどっちかだけだって言ってくるのよ？　そりゃ後者を取りたくもなるさ。……って姐さん言うな！　番頭と呼びなさい！」

そう言うと、姐さんと言ってきた男の頭をドローナは拳骨で殴った。

「うぇ～、そりゃかなり悪辣ですね。けど知恵の回る男みたいですね？」

「あぁ、知恵はかなり回るみたいだ。しかもあれで年が一六、七だろ？　将来絶対化けると思うから、今から唾付けとくのもありかもしれないね」

「そうなると、今回の手形が役に立ちそうですね」

そう言われてドローナは手形を見ながらニヤリと笑った。

「確かにそうだな。あの村がこれから発展していって、上手くいけば御用商人とか店舗出せるかもしれないからね。よ～しそうと決まったら頑張るわよ～！」

「へ？　頑張るって何をです？」

いつもなら理解の遅い部下に苛立つドローナだが、今回は自分の発想に得意満面になりながら教えた。

「あの村への支援よ！　必要そうな物を仕入れて売りさばいて、こっちもあっちも得するWINWINの関係を築くのよ」

「なるほど、確かにあの村何もない感じでしたからね」

男たちは村ののどかさを思い出していた。

「そうと決まったら！　亡くなったみんなの分まで頑張るわよ！」

ドローナの掛け声に部下の男たちは声を合わせて気合を入れるのだった。

◆

——ハイデルベルク王国国境付近　酒場

　ハイデルベルク王国の国境の街の酒場で一人の男が酒を飲んでいると、悪酔いして管を巻く女が仲間と一緒に大声で話していた。

「くそ～あの村の村長！　なんだって私があんな辺鄙な所に三ヶ月に一回も行かなきゃならんのよぉ～」

「まぁまぁ、姐さんそんなに言わないで、さっきまで傑物だって褒めてたじゃないですか」

「そうですよ、村人たったの五〇人でゴブリンの群れを撃退したすごい奴だって言ってたじゃないですか」

「うぅ～、確かにそうだけど、でも思い出したらくやしぃのよ～それにあんた！　姐さんて呼ぶな！　番頭って呼びなさい！　番頭って」

　男は彼女たちの話に興味を持ったのか、酒瓶を持って近づいて話しかけてきた。

「お姉さんたち、その話くわしく聞かせてくれないか？」

「あんた誰よぉ～」

　突然割って入ってきた男に彼女は怪訝な表情をした。

「ん？　私か？　私は旅の者だよ。次に行くところを考えてたんだけど、お姉さんたちの話が面白そうだから聞きたくなってね。教えてくれない？　教えてくれたらこの酒瓶の酒、残り全部あげるよ」

　男はそう言って酒瓶をみせると、少なくとも銀二枚はする高級酒が半分以上残っているのが見て取れた。

「あぁ！　これロマネスクの酒じゃな～い！　もらえるの？　やったぁ～！」

「あ、ちょ番頭、いいんですかい？　話すってことですよ？」

「んぁ？　いいのいいの、どうせ今はあそこ大したものないしぃ～」

完全に酔っている女番頭を尻目に、男は隊商の男たちに話を聞いた。

「へぇ～ってことはあれかい？　柵とその堀？　とかっていうのだけでゴブリンリーダーの率いる一〇〇匹の群れを撃退したのかい？」

「おう、そうらしいぜ。そこの村長がまた若いんだが、疑うなら村から少し離れた所にある石碑を掘り返したら分かるって言ってたし、村も襲撃にあったみたいであちこち壊れている家が見えたよ」

「それは興味が出て来たな。よし、ありがとうな。酒は……」

お礼を言って酒を男たちに振る舞おうとした彼が女番頭の方を見ると、彼女がラッパ飲みして最後の一滴を口に入れるところだった。

「残念ながら彼女の胃の中だな。まぁこれで適当に食うか飲むかしてくれ」

そう言って懐から銀一枚をテーブルに置いて出て行くのだった。

隊商の男たちは、出て行く男の後姿を見送りながら、気前のいいやつもいるもんだと感心しながらも、床に寝っ転がって潰れてしまった彼女をどうしようかと悩むのだった。

◆

ゴブリンを撃退してから暫くは特に何もなく過ごすことになった。

もちろんその間も畑の整備と拡張を行い、堀を広く深くして整備していった。

ただ残念なことに、今掘っているこの堀はこれからも空掘りとして活用しなければならない。

本来ならこれを水堀として活用し、村全体の治水に活かしたかったのだが、現在の村の周辺の地形ではそれが不可能な状態なのだ。

まず川だが、村のすぐ横を流れているものの、谷になっているせいでくみ上げることができない。

次に川が谷の下にあるせいで、地下水脈もかなり下がっており、村に点在する井戸もかなり深く掘って水を得ている状況なのだ。

日本の城は水堀が多く有名だが、空掘りもあった。

例えば有名な物なら小田原城の総構《そうがまえ》えなんかがそうだ。

現在は大半が埋まっているものの、全長九キロは空掘りが続いていたという。

この空掘りは土塁とセットで建設され、かの武田信玄や上杉謙信も総構えを前にして攻めあぐね、撤退したと言われている。

できることならそれくらいの規模で堀を作りたいのだが、現在の状況ではそれは不可能と言っていいだろう。

なにせ人手が足らないのだ。

そしてこれからやらなければならないことは山のようにある。

まずはさっきも言ったように利水を行い、村に水が行き渡るようにすること、次に農業改革、村民の誘致をして、最後に防御施設の強化だ。

現在の村の復興率はおよそ八割強と言ったところまで回復してきている。

基礎から建て直す家屋以外は簡単な修理で雨漏りを防いでおけば使えたのが幸いしている。

また畑も踏み荒らしたり、作物を引き抜かれていたが、根菜があまり好きではないようで、それなりに残っていた。

そのお陰もあって次の収穫までは保存食で十分いけそうだ。

あぁ、それにこれからドローナのために村の特産品も作らないといけない。

塩は近くに巨大な製塩都市があるので難しい、まぁ近くと言っても時間にすれば一週間弱かかるのだが、塩では勝てない。

となると、森の中から特産品を見つけるしかないだろう。

森の探索は猟師であるライズに任せているのだが、この前、彼が赤松を見つけてきてくれた。

赤松がなんだよって感じだったのだが、確か気候条件さえ合えば松茸ができるはずなのだ。

この世界でも茸などの菌類を食べる食文化はあるみたいなので、高級品として売れないかを検討しているが、正直これは時期物なのであまり期待ができない。

できることなら通年で採算の取れる特産品を開発して、それをドローナ経由で各都市に売り、利益を上げて村の発展に繋げたいところだ。

しかしこればかりは一瞬で見つかるわけもないので、気長に開発するしかない。

俺が家でアイデアをまとめていると、マリーが俺を呼びに来た。

「ロイド？　お客様なんだけど入れていいかな？」

「ん？　お客様？　いいよ。どうぞ」

俺がそう言って促すとマリーの後ろにフードを被った旅装の男がついて入ってきた。

男は入ってくるとフードを取って丁寧な挨拶をしてきた。

「初めまして、私はアンドレア・ホーエンハイムと言う旅の者です。この度はお会いいただきありがとうございます」

アンドレアはそう言うと右手を差し出してきたので、俺は握り返しながら自己紹介をした。

「こちらこそ初めまして、私がこの村の村長をしていますロイド・ウィンザーです。どうぞおかけください」

俺が椅子を勧めると、彼はお礼を言って腰かけ、俺も対面に座った。

彼を観察してみると、年の頃は二十代くらいで、大きな意匠の凝ったデザインの杖を持っている。

そして、顔はパッと見は優男という感じがする。

特に目がかなり細いせいもあって、その印象は一段と強く持ってしまう。

「本日はどういったご用件で私の元へお越しになられたのでしょうか？」

俺が質問するとアンドレアはにこやかに微笑みながら理由を話し始めた。

「私、先程も申しましたように旅をしておりまして、旅の途中に寄った街で貴方の噂を耳にして興味を持ち、来させていただきました」

「噂、ですか？」

俺が聞き返すと彼は瞳に好奇心を宿らせ、俺をジッと見つめてきた。

「えぇ、噂です。その噂ではなんでも五〇人の村人でゴブリンの群れを退治されたとか、また立ち寄った商人を相手に巧みな交渉で立ち寄る約束を取り付けたと言うのもお聞きしています。そして、ここへ来て見て、私は感じました。素晴らしい長のいる村だと村民の顔を見てそう感じたのです。そうするといてもたってもいられず、そこのお嬢さんに取り次ぎをお願いしたのです」

そこまで一気にまくしたてるように話した彼は、俺の手を握りながら恍惚の表情をしていた。

危ない人の予感がしたので、手を引っ込めると、彼は名残惜しそうな目で俺の手を見ていた。

「えっと？　それではその噂を確認するためだけにいらっしゃったのですか？」

「えぇそうです。そしてもしできることならこの村で一緒に暮らして、貴方と言う人物をこの目でしっかりと観察させていただきたいのです」

そう言った彼の両眼には、何か背筋がゾクリとするような光が見えた。

なるほど、この人は単なる知的欲求に逆らえないマッドサイエンティスト系の人だ。

こういう手合いは、前世の時によく見ている。

特に転生する前は、類は友を呼ぶと言うのか、一つのことに熱中して他のことはどうでもよくなり周りが見えなくなるタイプはそれなりにいた。

まぁ言葉の割に強引なことをしてくる感じもないし、何かする訳でもなく観察って言いきっているから好きなだけ置いておくか。

「まぁ観察どうこうは置いておくとして、村にいていただくのは大丈夫ですよ。というかむしろ歓迎させていただきます」

俺が許可を口にした瞬間、彼は喜色満面の笑みで俺にお礼を言ってきた。

「ありがとうございます！　これほど嬉しいことはない！　あ、ちなみに私、魔術を少々使うことができます。もし何かお役に立てることがありましたらおっしゃってください」

え？　今この男なんて言った？　魔術が使えるだと!?

この世界で魔術が使えるのは先天的な資質のある奴か、高等魔術教育を受けた貴族の子弟くらいだとベクターさんから聞いていたが。

これはとんでもない人が来たかもしれないな。

俺はそんなことを考えていたが、彼がもっととんでもない人物だと知るのはもう少し後の話だった。

◆

アンドレアが来てから一週間が経過した。

彼はそこそこ魔術が使えるらしく、土魔術で畑を整備したり、風魔術で木を建材に加工したりして村の再建に寄与していた。

ただ、俺としては事あるごとに付きまとわれ、最近では、家で体を拭いていたら覗いてくるというストーカー紛いの行動を取ってこられ、ほとほと困っている。

ちなみにこの行為についてマリーと二人で彼に問いただすと、彼はしれっとこう答えた。

「学問発展のための観察です。我慢してくださぃ」

流石にこれを即答で言われては、俺も一緒にいたマリーも開いた口が塞がらなかった。

このようなことがあってから、俺は必要最低限の接触にして極力彼を無視することにしている。

そんな感じで一週間を過ごしていたのだが、防衛力の強化は常々考えていた。

特に最近はアンドレアが村の再建に加わったことでほぼ全ての家屋が修繕を完了し、全焼・全壊していた家も基礎工事が終わって骨組みを開始している状態だった。

このことから俺は村の柵を基礎として新たな防衛施設の建設を始めようと考えていた。

それは、城柵である。

城柵とは、櫓が入り口についている柵で払田柵《ほったさく》のような形をしている。

本当は、可動式の橋を前に設置したかったのだが、残念ながら現段階では可動式の橋は材料の関係で作れない。

ただ、城柵はどうにかなると判断して設計図を書き、村の大工に見せた。

これを見た大工のマルコは目を大きく見開いて俺の顔と作図を交互に何度も見返し唸っていた。

「村長……これはすごいな。こんなのお城の城壁くらいしかできないと思っていたのに、木で作るなんて、これ俺が作っていいのか？」

「そりゃ俺では作れないからね。村一番の大工であるマルコにお願いするしかないよ。今作っている家が最後でしょ？　ならこの家が終わったら始めて欲しい。材料はアンドレアに協力してもらってくれ」

「おぉ、アンドレアか。変な奴だけど、あいつがこの村に住み着いてくれてこっちは大助かりだよ。

こないだも女房が怪我して火を熾《おこ》せなくなった時に助けてくれてな、ありがたいもんだ」

　そう、アンドレアは思考が若干おかしいが、性根は優しく誰にでも親しく接してくれるからこちらとしても助かっているのだ。

「まぁよろしく頼むよ、棟梁」

「おう！　合点承知だ！」

　そう言うとマルコは家の仕上げに取り掛かり始めるのだった。

　それから俺は村の中を見て回っていると、村の子供達の相手をしているアンドレアを見かけた。

　彼は子ども達の手を握っては、何か語り掛けていた。

　その様子を見た俺は、気になったので久しぶりに声をかけることにした。

「アンドレア何をしているんだい？」

　俺が話しかけると、彼は喜々として答えてくれた。

「おぉ、我が研究・観察対象にして村長のロイド、今この子達に魔術の素養があるか調べていたんですよ」

「え！　魔術の素養って調べられるのか？」

　若干おかしな呼び名が頭についていたが、俺はそれを無視して話しかけた。

　すると、俺が話に食いついたことに気をさらに良くしたアンドレアが語り始めた。

「魔術とは万物の力を集めてそれを外へと具現化する力です。幼少の頃より魔力に一定量触れていると素養のない子でも魔術を使うことができるのです。そしてそういった子は基本的に貴族の子弟に多いのです。で、今私がやっているのは、それとは違い、自然の中で発現する素養のある子の判別です。こういった子は良き師に巡り合えば大魔術師と言われるほどの実力を示すことがあります。その素養を見抜く方法は、簡単です。私が微量の魔力を流した時に、それを痛いと感じるか温かいと感じるかだけなのです」

ここまで一気に彼は話し終えると、流石に疲れたのか一息入れてから説明を続けた。

「ふぅ、で今調べていたのですが、一〇人程の子供の内、なんと三人も温かいと感じる、魔術に適性を持つ子がいました。まだまだ力は弱いですが、これほど素養のある子がいる場所は滅多にありません。これは私としては研究せねばならないことです」

なんと素養のある子が三人もいたらしいのだが、これがどれくらいの確率か今一理解していない俺はポカンとしていた。

「おっと失礼、あまりの奇跡的な確率のため、私としたことが取り乱してしまいました。この素養のある子がいるかどうかですが、見つかることが少ないのですが、基本的に一〇個ほどの村から一人出ればいい方です。まぁ人数に換算すると一〇〇〇人～三〇〇〇人くらいに一人でしょうか？」

彼はそう言った後に「参考数値ですが」と付け足し、軽く肩をすくめた。

「お、それならかなりの確率と言うのがわかるな。ってそんなにうちの村にはいるのか!?」

「えぇ、原因はわかりませんがこれは少々異常なことです。あまり口外なさらない方がいいですね。貴族連中がこの村を狙う元となりかねません」

「え？　なんでだ？」

俺が問い返すと、アンドレアが声を潜めながら教えてくれた。

「実は貴族の子弟が魔術を使えると言ってもせいぜい火の玉を飛ばすくらいなのです。ですが、素養のある子が修練を積めば岩石くらいの炎の玉を余裕で飛ばすのです。戦力として見るなら段違いなのですよ」

戦力としてか、あまりこの子達をそんな目で見たくないが、魔術師がいるだけでかなり便利だと言うことはわかったし、これ以後の開発・発展にも必ず必要になる。

そう思ったが、アンドレアの話では見つかると厄介だと言うことだったので、何か案がないか相談してみた。

「う～ん、となると魔術をアンドレアが教えていればすぐばれてしまうな、どうにか教えてやることはできないか？」

俺の無理な願いにアンドレアは暫く瞑目してから、考えを話し始めた。

「……私がここで学校を始めると言うのはどうでしょう？　どこかに小屋か何かを作っていただき、そこで子供達に学問を教えるのです。そして、魔術を教える子には補習として残らせて、魔術を教えると言うのはどうでしょう？」

「なるほど、小屋を作ってしまえば確かに視覚的には遮られる。そして彼らを残して何をしているのか分からないようにして教えるのだな？」

「えぇ、そして彼らが自衛できるくらいの力をつけたら大々的にそこを魔術学校にしてしまえば、貴族なども手が出しにくくなります。魔術師は側仕えが基本です。ある程度大きくなり賢くなった子を、親から無理に引きはがしたり拉致してきたら寝首をかかれる恐れがあるので、無理はしてこないでしょう」

「よし、それで頼む、小屋は手配しておくから材料の切り出しは頼む」

「わかりました。ここを拠点に研究をさせていただくのです。お安い御用です」

こうして、秘密の学校ができ上がり、農村に住んでいる子供達に午前中だけ勉強の時間を作ることとなった。

まぁ暮らしの上では収穫量が上がっているのもあって、そこまで村民から反対も出なかったので大丈夫だろう。

小屋が完成したのは、話が通ってから一週間後のことだった。

小さいこの小屋から巣立った子達が、村の将来を大きく左右するなんてことになったらいいなと、この時の俺は考えていた。

◆

学校が完成してから一週間ほどして、城柵の基礎部分が完成した。ただ、大工のマルコが言うには木でできているからかなり燃えやすいということだ。

「村長、これを作っていて思ったんだが、柵も櫓も門も全部木でできている。これでは火矢を射掛けられたら一発で燃えっちまわねぇか？」

確かにそうなのだ。本来であれば奈良時代に起こった秋田城の土壁の城柵を建てたかったのだが、土壁の芯に使う木舞《こまい》と呼ばれる竹製の格子が作れなかったのだ。その理由は周辺に竹が自生していなかったこと、類似した物がないか探したが、この地方では手に入らなかったことが原因だ。

もちろん木で格子組をしてその上から土を塗り固めると言う方法も考えたが、この方法はマルコに「木が腐ってダメになる」とダメ出しを貰ってお釈迦となった。

一応次の代替え案は考えているので、またマルコに相談することにした。

「確かに柵も櫓も門も木でできていたら危ないな。そこでマルコに相談なんだけど、こんなものは作れないかな？」

そう言って俺が取り出したのは、煉瓦だ。

煉瓦の作り方は簡単で、粘土を四角い枠に入れて固め、それを窯で焼くのだ。他にも圧縮する方法や乾燥させる方法もあるが、流石に技術的・気候的な問題でこちらは難しかった。

「これは、土ですかい？　にしては固いですな」

「これは煉瓦と言って土を焼き固めて作った物なんだ。今回は俺が家の窯を使って作ったが、これを大量生産してほしいんだ」

「大量生産……となるとかなり大きな窯が要りますな。そんな大量の燃料作れませんぜ？」

「いや燃料はそこまで要らないんだ。この方法を見てくれ」

そう言って俺が図面を出すと、大工のマルコは唸り声をあげてきた。

「うぅ～ん、確かにこれだと少量の燃料で行けそうですが、どこに作るんです？」

「今予定しているのは、旧岩塩採掘所かな？　あそこの近くは確か放置されてしばらくたつでしょ？　それに坂道になっているから丁度いい」

「なるほど、わかりました。腕によりをかけてこの窯を作りましょう。で、この窯の名前は何て言うんですか？」

「これは段々登っていくことから、登り窯と呼ぼうかと思っている」

もちろんこれは現代知識のパクリだ。

だが、ここでは誰もしたことのないことなので、俺が名付け親となっても問題はない。

「じゃあとは頼んだよ」

「へい！」

威勢のいい返事をしてマルコは城柵の仕上げにかかった。

一方新しくできた学校では、子供達が羊皮紙の端に字を書いて勉強をしていた。

「これは何て読むかな？」

「A、B、C……」

アンドレアが優しそうな声で子供達に字の読み方を教えていた。

「あ、村長。よくお越しくださいました。ほら皆立って挨拶をしよう」

「村長おはようございます」

アンドレアの号令で皆が一斉に立って俺の方を向いて挨拶をしてきた。

その中には村でもやんちゃで有名な子も同じように挨拶をしており、アンドレアが上手く教育していることが窺えた。

「皆さん、おはようございます。私は気にせずそのまま勉強を続けてください」

俺が挨拶を返して前を向くように促すと、皆嬉しそうに前を向いてアンドレアの授業を聞いていた。

その様子に満足した俺は、小屋を出てこれからのことを更に思案するのだった。

今現在の村は三方を山と谷に囲まれ、敵が攻めるとしたらほぼ一方向だけだった。

そしてその場所には先日からマルコが作っている城柵が建つ予定でより一層強化できつつある。

ただ問題がない訳ではない。

それは、先程もマルコと話していたように火に弱いのだ。

村の建物、柵、櫓全て火に弱く敵が火を操ってきたらひとたまりもない。

特に前回攻めて来た指揮官であるゴブリンリーダーのように火を恐れない個体もいるそうで、これから先火を使ってこないという保証がないのだ。

あとは、地震だ。

現代日本人の感覚がある俺としてはどの家屋にしても耐震性にかなり心配がある。

まぁ今の所この村では地震があったとは伝えられていないそうだし、ベクターさん達歴代の村長が残した書物にも特にそれらしい記録はなかった。

しかし油断はできない。

いつかの歴史的大地震の時のように「想定外」ではいけないのだ。

少なくとも今、村で生活している約五〇人の命が俺にはかかっている。

対策はし過ぎるくらいで丁度いいというものだ。

「何を難しい顔して考えているの？」

「わぁ！」

考え事をしている俺の目の前に突然マリーの顔が出てきたのに驚いて、変な声を出してしまった。

「きゃ！　何よ急に大声出して、ビックリするじゃない」

「いやいや、ビックリしたのは俺の方だよ！　急に顔が出てくるから驚いたじゃないか」

俺が高鳴った心臓を必死に抑えていると、マリーが用件を切り出してきた。

「そうそう、用事なんだけどいいかな？」

「ん？　何かあったの？」

俺がそう言うと、彼女は何故か少し照れたような笑みを浮かべながら続きを話し始めた。

「実はロイドが前に言ってた村の特産品についてアイデアが出たんだけどいいかな？」

「本当に!?　どんなアイデアなんだ？」

特産品のアイデアと聞いて俺が興味津々に聞くと、彼女は得意気な顔で手招きをしてきた。

「うん、私の家にあるから見にきて」

そう言うので、俺はマリーについて家に行くのだった。

彼女の家に着くと、その特産品が何かわかった俺は微妙な表情になった。

「じゃーん！　漬物よ！　これなら日持ちするし、ここでしか作ってないでしょ？」

そうなのだ、塩で漬けた漬物はこの村でしか作っていない。

その理由は単純に塩が貴重だからだ。

うちの村の場合は近くに岩塩が取れる場所があるので、安く手に入るが他の地域では違う。

輸送費に商品自体が需要過多になるので、どうしても価格が吊り上ってしまう。

そのせいで塩漬けしようなんて贅沢な考えは出てこなくなり、漬物と言えば酢漬けになるのだ。

そして、それ以外は基本的に乾物となって保存食となる。

こう言ったことを鑑みれば、確かにこれはうちの特産品と言える。

「う～ん、けどこれ売れるのかな？　内陸部の他の街や村では貴重品扱いだからな……。まぁ一度ドローナ経由で売りさばいてもらうか」

俺の「ドローナ」という一言にマリーの顔が若干強張ったが、自分の意見を認めてもらえた喜びもあり、なんとも言えない表情をしていた。

「それじゃ、あと一ヶ月くらいでドローナが来るはずだから漬物の準備をしてくれ。入れ物になる陶器の壺も大量に作らないといけないな」

特産品に一応の目処がついた俺は、売るための器を作る方法を考え始めるのだった。

◆

村の特産品についてある程度案が固まった頃、マルコに依頼していた登り窯ができ上がった。

この窯で焼くものだが、まずは煉瓦と一緒に壺を焼くことにした。

なぜ壺なのかと言うと、最近ライズが山から持って帰ってきた木の実の中に梅らしきものが混ざっていたからだ。

この梅らしきと言うのは、実の色や臭いは梅に近いのだが、形がお尻のような形ではなく、つるっとした丸なのだ。

なのでまずは試験的に梅干になるか試してみようと考え、他の漬物を小売りできるのと、梅干用にもなる小さい壺を作ることになった。

壺作りだが、正直俺はど素人なので分からないが、村の中に陶器を昔作ったことがあると言う老婆がいたので、彼女に指導監督役を任せて陶器作りを始めてもらった。

その間俺は、やっと手持無沙汰になったので、アンドレアにこの世界について話しを聞くことにした。

「アンドレア、研究で忙しいところ今日はすまない」

俺が頭を下げてそう言うと、彼は気にしてないと首を振って話し始めてくれた。

「いえいえ、村長の頼みです。できることならさせていただきましょう。今日はこの世界ができた起源について話したいと思いますが、それで良かったですか？」

「あぁ頼む」

俺が頷くと、彼は咳ばらいを一つして語り始めた。

「まずこの世界は、神話によると天空神ゼリアスとその妻である大地神ガリアの手によって創造されたと言われています。この二人が世界を創造した時、鳥や獣などの様々な生き物が生まれました。そして、人間もこの時神の似姿として誕生したのです」

うん、どこかの一神教で聞いたような話が多神教とごっちゃになっている感じだな。

俺はそんな感想を抱きながらも彼の話をジッと聞いていた。

「この夫婦神の創造で大地は潤い、生き物は生を謳歌していました。ですがこの二人が作った世界に横槍を入れる者がいたのです。それは冥界神ハバスです。彼は元々大地神ガリアに求婚をしていたのですが、彼女は彼に見向きもせず天空神と一緒になり、ハバスは地下世界の神として扱われるようになったのです。このことに腹をたてたハバスは、彼ら夫婦が作った似姿である人間を誑かそうとしてきます。ある時は神にささげる供物を着服するように、またある時は神が作りし他の生き物を大量に殺すように囁きましたが、上手くいきませんでした。失敗続きに段々と嫌気がさしてきた冥界神は最後に彼らに知恵のリンゴを食べるように囁いたのです。これには神の似姿と言えど人間として生まれた彼らは知的好奇心に勝てず、その実を食べてしまったのでした」

これは完全に失楽園の話が混ざっているな。

さしずめ冥界神は蛇と言ったところかな？

「このことを知った天空神と大地神は大いに怒り、冥界神を地下に閉じ込め、人間を楽園から追放したのです。この時大地には人間以外にも出てきた者がありました。それが魔物です。魔物は冥界神の恨みと邪気が大地に染み出ることによって生まれると言われており、それが始まったのがこの頃でした。この魔物には天空神も大地神も困り、どうにかしようとしましたが、夫婦神だけではどうしようにもならなくなりました。そこで二柱で考えた結果、人間に魔物を討伐するように命じたのです」

おぉ、なんだかどっかのＲＰＧのような設定になってきたな。

ってかこれ天空神と大地神の失態を人間に押し付けたような感じだな。

「そして、追放された人間から選ばれた六人によって国が作られました。それがこの国であるハイデルベルク王国やニュールンベルク王国等の六つの王国なのです。この六つの王国は、それから暫くの間は魔物討伐をそれぞれの地域で行ってきましたが、ある程度魔物が片付き人間が増え始めると、彼らは人間同士で争いを始めたのでした」

そこまで話すと、彼は俺に視線を合わせてきた。

「これがこの国の、この世界の起源と今日に至る大まかな流れです」

なるほど、恐らくこれは王国同士の正当性を担保するための神話なのだろう。

その証拠に最後に王国のことが話されていた。

これは神話によって王が政権を持っていることを正当化するために創造されたもしくは、改編されたのだろう。

「ありがとうアンドレア。お陰で勉強になったよ」

「いえいえ、役に立てたのなら幸いです。では報酬として一日つけまわらせて――」

「そんな約束はしとらん！」

俺が喰い気味に否定すると、彼は若干しょんぼりした表情をしていたが、すぐに立ち直って話しかけてきた。

「ところで、マルコさんが山の近くで作っているあれはなんですか？」

「あぁ、あれは登り窯という窯の一種だよ」

俺がそう言うと彼は肩をがっしりと掴んで、目から知的好奇心の光をこれでもかとばかりに輝かせていた。

あ、これは朝までコースの合図じゃなかろうか。

俺がそんなことを思っていると、彼から試合開始のゴングの代わりになる言葉が告げられた。

「ではそちらを詳しくお聞かせください」

この後俺は、夜になるまで彼に登り窯について知る限りの説明をさせられることになったのだった。

◆

次の日、俺は村で唯一読み書きができるゴードンに相談をしに行った。

「村長、今日はどうしたんですか？」

「やぁゴードン、申し訳ないんだけど、調べ物をしに行ってもらえないかな？」

「調べ物ですか？」

俺の言葉に彼は首を傾げながら聞いて来た。

「うん、実は今度特産品として漬物を売る予定なんだけど、この辺りでは野菜や塩の値段が分からなくて値段がつけられないんだ。そこで君に周辺の村や街を回ってどれくらいの価格か調べて欲しいんだけどいいかな？」

「う～ん、なるほど、確かにそれは必要かもしれませんね。ですが、うちの畑はその間どうなるのですか？」

ゴードンは読み書きができるが、農家なので麦などの世話をしなければならない。

「そこは安心してくれ、俺やアンドレアで君の畑の世話はするから」

俺の提案にゴードンは少し考えていたが、提案を了承してくれた。

「わかりました。そう言うことなら行かせていただきます。どこを調べたらいいんでしょうか？」

そう言われて俺は持ってきた地図を見せながら説明を始めた。

「まず、ソルトシティでは野菜の値段を、それこから道伝いにアル村、カノ村と五つの村を廻ってきて塩の値段も聞いてきてほしい」

「ソルトシティでは塩の値段はいいのですか？」

ソルトシティとは、岩塩の採掘で大きくなった街の名前だ。

塩の売り上げでできた街だからソルトシティという安直な名前だが、大抵の名前はそんなものだ。

「あそこで塩が安いのは分かっているから別に構わない。それよりも周辺の村での野菜と塩の値段を付けてきてくれ」

「わかりました。では準備して明日出発します」

そう言うとゴードンは俺から旅費と紙代わりの木板を受け取って家に帰っていった。

さて、これでゴードンが帰ってきたら漬物の値段の設定など売り出す準備をしなければいけないな。

◆

それから一ヶ月の間は試作と特産品の値段設定に追われていた。

ゴードンが周辺の村から調べてきた塩と野菜の価格から、恐らく売れるであろう金額は銅一〇～一五枚といったところだった。

だが、この世界では野菜だけだと銅二～四枚程度で、塩も一〇センチ程の壺に入って銅五枚、大型の壺で銅三〇枚くらいになるのだ。

ちなみに漬物に使っている塩の量は、一瓶で大型の壺の半分は使っている。

なので価格としては銅一五枚では塩の値段分にしかならないのだが、この村では村民に行き届くくらいの量は採掘できるので、大型の壺でも銅一五～二〇枚と半額近くの値段になっているのだ。

このことを踏まえて値段を付けると、一五枚程度で十分儲けが出るのだ。

だが、壺も作って一緒に売るとなると、壺代も請求した方がいいのではないかと思い始め、ドローナが来るまでの間散々悩んでいた。

壺の制作と同時に煉瓦も焼きあがった。

煉瓦は柵の骨組みを活かして、急ピッチで作業が進み、既に完成している。

ここに白漆喰を塗りたいのだが、現在石灰石が手に入らないのでドローナが来た時に相談しようと考えている。

そして梅干しだが、結論から言うと成功した。

成功はしたのだが、何故か味が違うのだ。

思っていたような塩っ辛い、酸っぱい感じではなく、どこかまろやかな甘い感じの漬物になってしまったのだ。

もちろん腐らせてもいないし、梅干しにするために黄色い実だけを集めさせたのだができ上がらなかった。

ただ、村人からは好評だったので、これを商品化することにした。

小さめの壺に入って価格は……ドローナに丸投げしよう。

もちろん三つほど試供品としてドローナに無料で提供して試食をさせてから値段を決めてもらう予定だ。

そんなこんなで準備をしているとあっという間に一ヶ月が過ぎ、ドローナ達スフォルツァ商会がやって来た。

今回こちらは売る側でしかないが、今後恐らく重点的に彼女から商品を買うことになるだろう。

「お久しぶりです村長。特産品はできましたか？」

「ドローナさんお久しぶりです。こちらに用意していますのでどうぞ」

お互いに握手しながら挨拶をしていると、どこからか鋭い視線を感じるが、無視しよう。

「では、まず見ていただきたいのは、塩漬けです」

「シオヅケ、ですか？」

この世界には酢漬けはあるものの、塩漬けはない。

なのでこれが美味しいものかどうかわからないという表情をしていたので、ドローナ達に試食をしのではないか？」

「……っ！　これは塩辛い食べ物ですね。しかしこれだけ塩を効かせようとしたら相当入っているのでは？」

「えぇ、この塩漬けには大型壺の約半分の量が使われています」

「大型の約半分!?　ってそんなことしたら値段が……」

お、流石商人だな。すぐに値段が頭に浮かんだか。

「ドローナさんならいくらで売りますか？」

「私でしたら、この壺一つで銅二〇枚は最低価格にします」

「なるほど」

まぁこちらとドローナの利益から考えるとそれくらいはするか。

「実はこちらですが、銅一七枚でお売りしようかと考えています」

「銅、一七枚!?　破格の値段じゃないですか。こんなの流したらソルトシティから苦情が来ますよ」

「確かに苦情は来るでしょう。それなら少しばかり高く買えば文句はなくなります」

俺の言葉を聞いたドローナは絶句していた。

「あ、そうそう、あとこれも売りたいのですが……」

そう言って俺が小さい目の壺を取り出し中身を渡すと、彼女は怪訝な表情でそれを見ていた。

「このしわしわの実はなんですか？」

「これは梅です。それを漬物にした梅干し……いや、『梅漬け』というものです。まず試食してみてください。美味しいですよ」

俺が実を口に放り込むのを見て、躊躇っていた彼女も意を決して口に入れると、表情が緩んできた。

「な、なんて美味しいの⁉　え？　なんでこれほんのり甘いんですか？」

「いやぁ、それが俺にも分からなくて。本当は塩っ辛い、酸っぱい味になるはずなんですけど、なんでか甘くなっちゃって」

と笑いながら誤魔化すと、彼女は俺の両肩をゆすりながら値段を聞いて来た。

「これ、これはいくらになるんですか⁉」

「一応今考えているのは銅二〇枚ほどですが、これの売値はドローナさんに決めてもらおうかと思って――」

「これなら銀で取引できますよ！　銀で！　甘いんですよこれ！　砂糖がいくらするかご存知ないんですか⁉　塩の五倍はしますよ！」

うん、ドローナも女性だな。甘い物に目がないんですね。

まぁ、この世界には甘い物が果物くらいしかない。

そして、そのほとんどを貴族等が買い上げてしまって市場に出回らないのだ。

そんな理由もあって、行商人であるドローナも甘いものには餓えているのが現状だ。

「売れるならそれでいいや。じゃ卸値は銀二枚くらいでどうです？」

俺がドローナに提案すると、彼女は考え込み始めた。

「ん～、銀一枚にまけてください。確かに甘いのですが、砂糖よりは控えめなので売るなら銀二枚が恐らく相場になるでしょうから、一枚が限界です」

「なら交渉成立だな。後の細かいことは家で相談しよう」

こうして、村の特産品はドローナの手によって各地に売りさばかれることになった。

しばらくして、ドローナの後を追いかけていたゴードンから思わぬ報告を受けた。

なんでも塩漬けは各村で非常食として重宝されることとなり、そこそこの売り上げを記録しており好調であること。

そして梅漬けは、異常なほど高値で売買され始め、ソルトシティやここらの貴族家に売り歩いていたところ、注文が殺到してしまった。仕方がないので値段を吊り上げていたら銀一〇〇枚という値段にまで跳ね上がってしまったというのだ。

まさか、貴族の甘いもの好きがそこまでとは予想していなかった俺は、この報告を見て唖然としてしまった。

「まさか、ここまで人気が出るとはな……」

「まぁ美味しかったからだけど、売り上げの取り分はどうなっているの？」

「一応次回からは今回の売り上げの二割が加算されるから、軽く銀四一枚になるね」

「銀、四一枚……」

俺の試算にマリーは天上を見つめてボーっとしてしまっていた。

「これは資金も手に入ったし、色々できそうだな……」

莫大な資金が手に入ることに俺は、内心浮かれるのだった。

◆

――ハイデルベルク王国　ローテンブルク伯爵領・ロードス　ドローナ

ロイド村長の村から二週間ほど移動した場所に巨大な街がある。

その街は、王国首都を除くと最大級の大きさで、かつ商人が大量に集まってくる場所でもあるのだ。

街の名前はロードスと言い、王国中の商人や行商人が王都と一緒に必ず足を運ぶ場所である。

私はそんなロードスのあるローテンブルク伯爵領に、村長から託された梅漬けと共に訪れた。

ちなみにローテンブルク家は、かつての王国宰相も輩出した名門中の名門で、現在もその実力は王国内部の人事に介入できるほどと言われている。

「まぁ、実際の所は分からないのだけどね……」

「姐さんなんか言いました？」

「独り言よ。って姐さん言うな！」

私がここに来たのは、何もローテンブルク家に直接卸しに来たからではない。

ここは他の領地と違い、伯爵家に出入りする貴族が多くおり、その時の持参品以外にもう一つ領内にあるもので手土産を持って行こうとする貴族が多いのだ。

そして、それを狙って商人もたくさん集まってきて一つの大きな市場を形成している。

まぁ、かく言う私もその一人なのだけれども。

「さて、お前たち！　これから私たちはこの〝梅漬け〟をできる限り高値で売買しなければならない。

そこで、梅漬けの一つを私はお試し用として貴族の客に食べさせようかと考えている」

「な!?　番頭、正気ですかい!?　そんなことしたらただでさえ今回相当な金突っ込んでいるのに、元が取れなくなってしまいかねませんぜ！」

私の方針に異を唱えてきた彼の言い分は正しい。

今回私はこの取引に梅漬けを一〇〇壺、現金にして金一枚分つぎ込んでいるのだ。

ここで失敗すれば、相当な資金が消えてしまいかねない。

そんな状況下で、一つ試し用にしようというのだから正気とは思ってもらえないだろう。

「確かに、お前の言うことは正しいよ。だけど、今回売るのは梅漬けだ。私の舌が、勘がこれは売れると言っているんだ。まずは知ってもらわないと意味がない」

「ですが、それを販売するにしても一つ空けてしまうのは……」

「なに、今日はお試しと一壺だけ売るのさ。そうして明日になれば、きっと多くの貴族がこぞって買いに来る。絶対よ」

私がそう言い切ると、異論を出した部下は引き下がった。

まぁ、引き下がらなくても無理矢理やるんだが、しっかりと考えを共有していないとバカやる子がいるから仕方がない。

それからは、場所取りである。

この場所取りは、明日の売り上げを左右しかねないので、場所の特徴をしっかりと吟味して探した。

色々な候補が出てきた中から私が選んだのは、貴族屋敷から少し離れ、大通りに面して、尚且つ城門からも少し離れた場所である。

なぜこんな場所にしたかというと、まず貴族屋敷の近くはこれから訪ねる主の前で手土産を用意するという馬鹿な奴が少ないので却下。

次に大通りに面した場所は、馬車で通っても見えるようにするのに丁度良い。

最後に城門の近くを避けたのは、馬車で入ってきてすぐの場所では恐らく後ろを気にしてさっさと通り過ぎるであろうと考えてのことだ。

「番頭！　あれ見てください。番頭が言ってた丁度いい場所ですぜ」

部下の一人が見つけてきたのは、そんな条件に当てはまる場所だ。

どうやらその店は、今は繁忙期ではないらしく、商品がかなりまばらだった。

一目見るなり、私はその場所で商売することを決めると、すぐさま店主に話しかけた。

「そこの店主さん。ちょっとの間この場所をお借りしたいのだけど、これくらいでお願いできないかしら？」

そう言って私は手に握っていた銀貨数枚を、握手と一緒に渡す。

なぜこんな回りくどい方法をとるかというと。

ここの法律では、店を開く権利はその個人のものとされ、新しく店を開くには領主の許可が必要なのだ。

ただ、そんな方法をとっていたらかなりの時間的浪費が生じる。

そんな無駄な時間を浪費するくらいなら、許可証を持っている店主に金を握らせてしまうのが手っ取り早い。

「……いつまで貸して欲しいんだい？」

「一応予定では一週間ほどよ。だけど遅くなることはなくても早くなることはあるかもしれないわ」

「フン！　大した自信だな。足元掬われないよう祈っておくよ。ほら許可証だ」

そう言って彼は、私の方に許可する旨が書かれている木板を放り投げてきた。

「それじゃ、しっかりと祈っておいてね」

私がそう返すと、彼は手を振りながら去っていった。

さて、ここからが腕の見せ所という訳だ。

◆

地元の商人から場所を借りて数時間、その間に通った貴族らしき人物に試食を促していった。

ある者は、「奇跡である」と驚き称賛し、またある者は、「こんなもの食えないと」ケチをつけて安値で買い叩こうとし、またまたある者は、「これをもっと高い値で売ってやる」と下手な詐欺師と同じ口上で商談を持ちかけてきた。

もちろんそんな奴らばかりではない。

今私の目の前にいる貴族などは、正に丁度いい存在と言うやつである。

「～～ッ!! なんと、ほのかに甘いだと!? 君！ これは一体いくらで売る予定なのだ!? 是非とも私に譲ってほしいのだが」

「ありがとうございます。こちらの商品は試食用でして、本日は販売しない予定なのですが、そこまでお褒めいただけると私も嬉しい限りでございます。つきましてはいくらだとお考えですか？」

私が彼に〝あえて〟値段を考えさせた。

これで相手がこちらの想定以上の値段を提示すれば、その値段で売る。

相手がこちらの想定以下の値段を提示すれば、想定した値段を提示するのだ。

これは、どちらにしても相手が一度考えているので納得しやすく、また相手の懐事情も分かりやすい手である。

もっとも、相手があり得ないくらい低い値段を提示したらその時点で彼には売れないのだ。

「う～む、その方がそう言うということは、相当値が張るのであろう。……銀五枚か？」

彼の出した答えはかなり悩んだ割にそこまでの値段になっていない。

私はそう考え、彼の提示した値段に対して何も言わずに首を振った。

「ムムム、ということはもっと値が張るのか……。では、銀二十枚か？」

……さて、ここは悩みどころである。

彼の提示してきた値段は先程の値段を一五枚も上回るものだし、想定価格を大きく上回っている。

首を縦に振っても良いのだが、如何したものか。

私は、魅力的な値段を前にもう少し吊り上げるべきか悩んでしまった。

「なんと！　まだ物足りないか!?　いや確かに砂糖は貴重品。あれが金二枚近くの価値を持つことを考えれば、安いか。……よし！　銀五〇枚！　これでどうだ!?」

なんと、彼は私が悩んでいる姿を値段が思いのほか上がらず悩んでいると勘違いしたらしく、とんでもない金額を提示してきたのだ。

もちろん、私は即決で「売った！」と言ったのは言うまでもない。

◆

――ローテンブルク伯爵家　屋敷　ローテンブルク伯爵

さて、ここ最近我が国には活気がないなどと言う輩がいるが、それはこの屋敷の中を見ていないから言える言葉であろう。

今我が屋敷には、ハイデルベルク王国内の貴族という貴族が集まってきている。

彼らの目的は、国王派筆頭と目される儂のご機嫌伺いである。

もちろん、儂自身も彼らをもてなすために贅を尽くした料理と絢爛豪華な客間をもって報いている。

「流石は、ローテンブルク伯爵様。屋敷の至る所に王国の至宝と言われてもおかしくない逸品が飾られ、料理も前菜一つとっても我らの見たことのないような物をご用意なさっている。私には感嘆の言葉しか出せませんぞ」

「ハハハ、そう謙遜するな。これでもまだまだ質素な方である。卿にもやろうと思えばできるのではないか？」

「いえいえ、私のような小貴族ではとてもとても。ところで、話は変わるのですが伯爵様はこちらをご存知ですか？」

彼はそう言うと、懐から一つの壺を出してきた。

その壺は、これまでの領内で作られていた物とは違い、取っ手もなく、口のすぐ下が平らになってから丸みを帯びた何とも言えない形をしていた。

「ほう、これは珍しい形の壺ですな。この壺はどこで手に入れられたのかな？」

「いえ、伯爵様。今回お見せしたいのは、壺ではなくて中身です」

「中身？」

儂が不思議に思っていると、彼は壺の蓋の封印を解いて中を見せてくれた。

その壺の中には、シワシワになった実が何個か見えた。

見えている実の大きさと壺の大きさから考えて、恐らく十個程度しか入っていないだろうと想像できた。

儂がまじまじと壺の中を見ていると、彼は得意満面に儂に話し始めた。

「伯爵様、この実食べて見られませんか？」

「こ、これをか？　随分とシワシワになっとるが、食べられるのか？」

儂が躊躇うのを見た彼は、壺に手を突っ込み一つ掴みだした。

壺から出たことでよく見えるようになったが、やはりシワシワで腐りかけているのではないかと思うような実である。

ただ、その臭いは爽やかで腐ってはいないことが分かる。

「この実、これが中々美味でして。是非とも伯爵様にお食べいただきたいと思って買ってまいったのです。どうですかな？」

「う、うむ。まぁそこまで言うのであれば、一ついただこうかの」

匂いが良かったことと怖いもの見たさで、彼の取り出した実を受け取り口に運んだ。

最初はグニョとした食感が何とも言えなかったが、次の瞬間爽やかな先程嗅いだ匂いが口に広がってきた。

「ほう、何とも爽やかな感じがサッパリしていて良いな。……ん？」

そう思って噛んでいると、口の中に得も言われぬ味が広がってきた。

それは、伯爵として王国の重臣として権勢をふるう儂でも中々食べられない物。

甘味である。

「な、なんと！　この実甘いではないか!?　それも果実とは違いほのかに舌に残るか残らないかという何とも言えない甘さ！」

「流石は伯爵様。ご存知の通りこの実、甘いのです。私もこの実を初めて食した時、驚き、舌を疑い、店主を疑ってしまいそうになりました」

甘い物、それは誘惑である。

この世界で儂でも思うように手に入れられない物の一つである。

なによりも、果実自体が少ないのだ。

そんな事情もあり、果実は基本的に王家にしか卸されない品物となっている。

「これは、これはどこで手に入れたのだ⁉」

儂が彼に詰め寄ると、彼は少し戸惑いながらもしっかりと言ってきた。

「実は、これは伯爵様の領内で買わせていただいたものなのです。その商人は……」

彼の話を要約すると、今日から商売を始めようとしていたその女商人は、試食と称して店の前で商品を一度食べさせているそうだ。

そして、その食べた客の反応を見て商品の値段を決めているとか。

しかも、その値段なんと銀五〇枚だという。

「どこに売っていた⁉」

「え、あ、はい。場所はここと門との丁度中央部分に位置する場所で、大通り沿いです」

大通り沿いでしかもここと門の真ん中あたり。

拙《まず》い！　絶対に明日には売り切れてしまう。

銀五〇枚は、この実には安すぎる値段だ！

儂が、儂が買い占めねばならない！

そう思った儂は、次の日の早朝にメイドに大量の金を持たせて、買い占めに行かせた。

その額は、一壺で金一枚。

それを三〇壺分用意して持って行かせたのだ。

これは、必ず贈答品になる。

そして、金一枚という値段にしておけば、今後買えるのは大貴族だけである。

儂は自分の考えにほくそ笑みながら、実を一つ頬張るのだった。

◆

梅漬けを販売し始めてから三ヶ月後、通年で取れる木の実と言うこともあり、ライズが山に入る時に集めてもらいながら作っては売ってで大儲けをしていた。

そのお陰もあってか、これまでの売り上げは軽く金二〇枚分になり、五〇人と言う小規模の村ではかなりの大金となった。

「ロイド〜、またドローナさんが来たよ〜」

マリーが若干不機嫌になりながら俺を呼んでいるが、最近だいぶましになってきた。

それでも待たせると二人とも不機嫌になるので、急いでいくと、ドローナが梅漬けの積み込みを始めていた。

「今回は村に来るのが早かったな。お陰であんまりできてないぞ」

俺が声をかけると、隊商の部下に指示をしていたドローナが満面の笑みで振り返ってきた。

「これはロイド村長～！　こんなに売れる商品今までになかったのですから、何度だって足しげく通いたいものですよ」

　これまでの売り上げが相当良かったために、ドローナは物凄く上機嫌に話しかけてきた。

「できましたら今後も我がスフォルツァ商会、いえ私の隊商に専属的に卸していただけると嬉しいです」

「ははは、まぁ今の所仕入れに来てるのはドローナさんだけだからね。所で、何か面白い話は仕入れてないかい？」

　ここ最近ドローナが良く村に足を運ぶので、俺は近隣の物価以外の情報を彼女経由で仕入れている。ただ、この日はいつものように笑顔ではなく、俺の質問に彼女は若干表情を曇らせながら答えてきた。

「最近雨が降ってないのはご存知だと思うのですが、実はここだけじゃないんです。ハイデルベルク王国の殆どの地域で同じ状態らしいんです」

　ハイデルベルク王国はそれなりに大きな王国で、大陸に存在する六王国の中でも三本の指に入る領地を持っている。

　その広大な領地の大半で水不足になっているというのだ。

「それはどれくらいの期間かわかるか？」

「そうですね。海側ですと比較的ましなのですが、そのほかの地域、特に中央部から北は約三か月間全くと言っていい程ですね」

中央部から北だけでも恐らく北海道よりは広い面積を有している。

そして、その地方はこの国の言わば米所ならぬ麦所であり、この地方の作物の成長具合で国家の食糧事情が左右されると言っても過言ではないのだ。

その麦所が旱魃《かんばつ》となると、いくら環境に強い植物と言われる麦でも、恐らく大ダメージを受けるだろう。

「そうなると、飢饉が来るかもしれないな」

「……ッ！　やはりそうですか、現在王国の財務官なども協議しているという話は出ていましたが……」

「恐らく、この夏の旱魃から飢饉にならないように対策を考えているのだろう」

この国では王が実権を握ってはいるものの、一応内政担当官等が配置されており、平時の際は彼らの判断に委ねられるようになっているのだ。

これは、今から五代前の第一九代国王である、ジョージⅡ世によって確立された政治体制だ。

彼がこの体制を取るまでは、歴代国王が代々内政にも関与していた。

だが、王の資質が皆にあるかと言われると、第六代国王のような放蕩王もおり、国家財政はその度に危機に瀕していたのだ。

この悪習を廃止しようと動いたのがジョージⅡ世で、彼は別名救国王とも呼ばれる名君だ。

この時俺は、彼ら内政官が義倉のように俺達から集めた税を一部保管していることを願ったが、この願いは脆くも崩れ去ることになった。

◆

ドローナからの情勢報告を聞いてから三週間後、ついに恐れていた事態が発生した。

他の村で水不足により麦が全滅したというのだ。

幸いなことに我が村には、アンドレアという魔術師がいたおかげで深刻な水不足にはならず、節水する程度で済んだのだが、他の村は大旱魃に対応しきれず、全ての畑が干上がり、麦も来季の種籾だけでもあればいい方と言う状況だ。

「さて、不味いことになった。このままいけば恐らく流民が村に流入してくるし、領主がこの村に目を付けるかもしれない」

「なら麦を隠してしまえばいいんじゃないの？」

「隠すってどこにさ？　うちは倉庫一個じゃ足りなくなってこないだ新設したところだよ？　あれだけの量を隠すなんて……」

「裏山でいいんじゃない？　あそこはこの村の人間以外立ち入らない場所だし、山の反対側は魔物の巣だから人が入れないし」

なるほど、確かに裏山は隠すには丁度いい場所かもしれないが、隠しきれるだろうか？

だが、何もしない訳にはいかず、俺はマリーの思い付きを元に行動を起こした。

今年の税はあと二週間ほどで取りに来る予定になっているが、どうなることか。

◆

――ハイデルベルク王国　ドレストン男爵邸　ドレストン男爵

今年は例年にない大旱魃が襲い、各村から食料援助を乞う話が山のように来ている。

だが、正直麦の余剰はないに等しい。

理由は色々あるが、何よりも大きいのは、隣国であるニュールンベルク王国との戦が長引いているせいだ。

このため中央からは税を取り立てろと矢の催促が次から次へと私の元へと届けられている。

しかし、ここで税を絞れば恐らく領民の大半は死んでしまうだろう。

どうしたものか、ほとほと困ったものである。

私が一人思案していると、家宰のヴェルマーが部屋に報告を持ってきた。

「な、何!?　これは本当か!?」

「はい。最近『梅漬け』なるもので財を築いた村があり、監視させておりましたら大量の麦を山に運んでいるのを見たと言う報告が来たのです。その量、我が領内でのおよそ半年分程度の量にはなるそうです」

私は報告を聞いて驚いた。

たった五〇人程度の村でできた麦の量が、我が領内の半年分だと言うのだ。

これは天の差配であり、私にもたらされた救援物資だろう。

だが、報告では山に運んでいるとある。

まさかこの村の奴らは儂らに麦を渡さず隠すつもりか？　そうなら許せん！　儂の麦を横領するとどうなるか分からせてやらなければならないな。

「ヴェルマー、どうしたものかな？」

「はっ！　その村、以前ゴブリンの群れに襲われた際に援軍を貸し与えています。その恩をちらつかせてみては如何でしょうか？」

ふむ、なるほど大量の麦があるのだ、現在の六割以上に取り立てるべきかもしれないな。

「よし！　ヴェルマー、まずは財務官を派遣しろ！　そこで隠し通すようなら騎士団を差し向けて根こそぎ取ってやる！」

「はっ！　かしこまりました」

ふふふ、いよいよ儂にも運が向いてきた。

先代で出尽くした岩塩採掘所が今度は麦を大量に作り出すとはな。

最近中央での儂の評判はからっきしだったが、この大量の麦で名声は高まるだろう。

そして、ゆくゆくは、伯爵、公爵なんてこともあるかもしれん！　う〜む、笑いが止まらんわい。

◆

さて、面倒なことになった。

村の門の外に流民が大量に押し寄せてきている。

彼らを迎え入れるのはいいのだが、問題は出身領地だ。

この村の場所はドレストン男爵の領地とその寄り親であるタラスコン伯爵家の領地との境目にある。

一応この村はドレストン男爵が支配しているが、川向うは別領地というややこしい場所なのだ。

このややこしい場所故に流民もややこしく、両方の領地から流れてきているのだ。

ドレストン男爵の領地の流民なら受け入れても恐らく問題にならないだろうが、タラスコン伯爵家の流民を受け入れると、領民を奪ったと最悪戦争になる可能性がある。

正直そんな危ない場所にある栗は拾いたくないのだが、村民が同情して助けようと言い出してしまったのだ。

「村長！　いつまで迷っているんだよ！　このままじゃ外の奴ら飢えて死んでしまうぞ！」

「村長助けてやってよ！　隣村に嫁いだ娘もいるんだ！」

どうするべきか散々迷った挙句、流民を受け入れることにした。

ただ、そうなると住む家や開墾する土地をもっと作らなければならない。

現在の所、村民は柵の内側に田畑を持っている。

最近では、アンドレアの手伝いもあって、村の中で一部林のようになっていた場所も開墾し、畑を作れたのだ。

だが、今後の開墾になると話は別だ。

それに家も柵の外に作らなければならない。

まぁ家くらいなら開墾した時の木材でどうにかなるが、問題は安全性だ。

近くのゴブリンは撃退したとはいえ、まだまだ巣は残っている。

なので、夜な夜なゴブリンが村の近所を徘徊していることがあるのだ。

もちろん昼間に見つかった奴はライズとアンドレアによって退治されているが、繁殖力の強い彼らはまたいつ爆発的増殖が起こるかわからないのだ。

しかし、このまま放置するのも確かに可哀想なので、流民たちには家を外に作って生活してもらうことで納得してもらった。

ちなみに、流民の数は全部で一〇〇人程だ。

村の人間の倍を受け入れたことになるが、麦の他に根菜なども育てているので、食料には事欠かないし、最近では売り上げから豚や鶏などの家畜を数頭購入して繁殖をさせている。

そんなこんなで大変な時期にドレストン男爵から税の催促が財務官と一緒にやって来た。

「ドレストン男爵領に納める税を徴収しに来た。倉庫はどこにある？」

「麦倉庫はこちらでございます。今年は旱魃と見ての通りの流民たちの流入で殆ど食料がないのです」

そう言って俺が見せたのは、村に残しておいた方の倉庫だ。

その倉庫の中を彼は隈なく覗き、ため息を吐いてきた。

「たったこれだけか？　他に隠しておらんだろうな？」

「とんでもございません！　この村の現状を見てください。流民だらけで私たちの食料すら困っている始末です。むしろ領主様には預け麦を返していただきたいくらいです」

預け麦とは、税の他に少量ずつ差し出す麦で、飢饉の時などに領民に配られる、いわば保険のような物だ。

「それは無理だ、ここはまだこれだけの麦があるが、他の村は全くないのだ。それに最近は色々とあって余剰はほぼない！　しっかりと徴収するぞ」

そう言いきると、財務官は倉庫内にあった麦の六割を持って行き、倉庫の中はほとんど何もなくなった。

「せめてもう少し、もう少し残してください！　流民まで来て大変なのです！　お願いします！」

「何を言うか！　それに先日兵を貸してやった恩もあるだろう。諦めよ」

俺がそう懇願するが、財務官は聞く耳を持たず、立ち去って行ったのだった。

彼の後ろ姿が見えなくなるまで見送り、俺は舌を出した。

「村長は舞台俳優になれるのではないですか？」

そう後ろから声をかけてきたのはアンドレアだった。

「ははは、舞台俳優か、人気出るかな？」

俺の問いかけにアンドレアは肩をすくめた。

「とりあえず、財務官は誤魔化せたが、領主はどう出ると思う？」

「ドレストン男爵とはあまり会ったことはありませんが、彼は強欲な方と聞いています。恐らくここの村に目を付けて金品や更に麦を出すように騎士団を派遣してくるかもしれませんね」

「なるほど、そうなると困るな。どうにかして防御を整えよう。ところで、例の技術者はいたか？」

「えぇ、おりましたので、私の方で基礎を作ってあとはお任せしました。恐らく二週間である程度作れるでしょう」

俺は、アンドレアの報告を聞いてほっと胸をなでおろした。

◆

戦闘の準備を始めて二週間ほど経ったある日、ドレストン男爵がこちらに向かってやって来たという報告が入った。

「ドレストン男爵の軍勢はおよそ一〇〇です。後二日でこちらに到着すると思います」

報告を聞いた俺は、後二日で何ができるか考えた。

まず、ドレストン男爵は恐らく装備の優位を持ってこちらの村を占拠しようと考えるだろう。

敵は粗悪と言えど、鉄製の武具を揃えている。対してこちらの装備は主に木製の槍などだ。

ゴブリン相手なら、素肌が見えているので十分凶器になるのだが、相手が鉄製の鎧兜に身を包んだ騎士だとただの棒切れと変わらない。

棒で殴っても相手は死なないし、気絶すらしてくれない。

下手を打つと相手の反撃でこちらが簡単に死んでしまうのだ。

これをどうにかするためにまず作ったのが空掘りだ。

堀は最初の頃に比べるとかなり拡大して、全幅五メートル、深さは最深部で四メートルほどになっている。

そして特徴的なのが、真ん中にある畝《うね》だ。

これは後北条家が建築した山中城の空掘りにも用いられていた、格子掘りのできそこないだが、一〇〇人前後の騎士を相手にするには丁度いい。

また、門へと続く道は、前回までの真直ぐな道ではなく、筋違橋《すじかいばし》のように若干斜めに作り直されている。

この橋のお陰で、矢が敵に当たりやすいと言う利点が生まれるのだ。

ちなみに、弓兵を指揮するのは、ライズの役割だ。

流民が流入して、猟師なども多数入ってきたが、彼が一番の使い手だと言うことは変わらなかったと言うのが一番の理由だ。

ここまで用意ができているので、あとは武器作りに専念するだけだった。

敵はこちらに鉄器がないと判断して、利点を最大限利用して一塊になって突っ込んでくるだろう。

だが、こちらが鉄器を作れなかったのは流民が来る前までの話だ。

村によって様々な特産品を作っているのだが、工芸品などを手掛ける技術者主体の村からも流民が来ていたのだ。

そしてその流民たちには、製鉄のできる技師が何人か混ざっていたので、〝とある製法〟を行うことができた。

お陰で、現在村の武具は武器を主体に鉄製品に切り替わっていっている。

武器を主体にと言うのは、鉄鉱石がまだまだ足りないのだ。

一応ドローナ経由で大量に買い付けているものの、産出量もそこまでないので、弓矢の鏃と槍の穂先を優先的に鉄製品に変え、攻撃力を大幅に強化している。

だが、この鉄製品たちは本来なら農具になる予定だったのだ。

鉄製の鋤や鍬、シャベルなんかが作れたら今よりも遥かに作業効率は上がる。

そして効率が上がれば開墾が進み、収穫が増えるし、堀を作る作業ももっとはかどっただろう。

それを思うと、悔しくてならない。何を好き好んで武器にせねばならんのか。

そんなこんなを考えながら二日が過ぎた。

敵は報告通り約一〇〇名でドレストン男爵が先頭に立ってこちらに降伏勧告をしてきた。

「村の諸君！　我々は君たちを害しに来たのではない。我々は税を徴収しに来たのだ！　恐れ多くも王国の税制に対して君たちの村長は麦を裏山に隠し、我らに渡さなかった。そのため、このように懲罰として騎士団を率いて来たのだ！　君たちが大人しく村長を差し出すのなら、我らは君たちに危害を加えないことを約束しよう！　さぁ！　大人しく開門するのだ！」

ドレストン男爵のあまりにも自分勝手な言いように、比較的のんびりしている村民達も流石に唖然としていた。

「よくあれで領主が務まるもんだな」

「所詮貴族は血統が一番ですからね」

俺の呟きにアンドレアが横から皮肉を入れていたのを聞いて、俺は不謹慎にも笑ってしまいそうになった。

ただ、このままドレストン男爵に言わせっぱなしではこちらの士気が落ちるので、笑うのを我慢して口上を述べることにした。

「ドレストン男爵！　税の徴収と言われるが貴方は先日財務官を派遣して村のなけなしの食料を持っていったではないですか！　その上まだ持っていくのですか!?　危害を加えないとおっしゃったが、これ以上税を取られては、村民は皆飢え死にしてしまいます！　これを危害と言わずしてなんと言いましょうか！　こちらは全員一致団結して、これ以上の税を払わないことを宣言します！」

俺の宣言にドレストン男爵は遠目にもわかるくらい顔を真っ赤にして怒っていた。

「えぇい！　儂の温情を無下にしおって……！　者ども！　村の奴らに目にものを見せてやれ！　全軍前進！」

ドレストン男爵の号令一下で騎士団約一〇〇名がこちらに向かって整然と隊列を組んで進んできた。

「いいか！　敵を引き付けるんだ！　号令が出るまで一切の攻撃を禁じる！」

俺の制止の合図に村から選抜した射手たちが弓に矢を番えてジッと待っていた。

敵は盾を前に出したファランクスのような陣形でこちらに向かって進んできた。

「意外にしっかりとした騎士団を持っているのだな、ドレストン男爵は」

「曲がりなりにも武門の家で、昔の戦争で勇名をはせて貴族入りした家ですからね」

騎士団はそのまま中央の橋に向かって突撃しようと橋の真正面まで進んだ。すると突然足場が消え、慌てふためいた。

「う、うわぁ！　と、止まれ！　足場がないぞ！　落とし穴だ」

「ギャー！　い、痛い！　落とし穴に杭が刺さっているぞ！　これ以上落ちてくるな！」

「げぇ！　この杭、糞が塗ってあるぞ！　おい！　誰か引き上げてくれ！」

騎士団が落とし穴で隊列を乱した隙をついて俺は射手に号令を下した。

「今だ！　放て！」

ビュッ！　という風切り音と共に矢が敵の頭上に降り注いだ。

「敵が矢を放ってきたぞ！　どうせ大したことはない！　受けてやれ」

敵はこちらの鏃が木か石だと思ったのか、兜や鎧に来る分を避けようとしなかった。

もちろん鉄製の鏃なので、そんなことをすれば大惨事になるのは当たり前だ。

「ぎゃ！」

「な、なんで奴ら鉄製の鏃を――ぎゃ！」

「見ろこの鏃！　こっちよりも遥かに硬い鉄だぞ！」

「に、逃げろ！　一時退却だ！」

敵の部隊長が慌てて後退の号令をかけたことで、全軍が弓の射程外まで後退していったのだった。

◆

――ドレストン男爵騎士団天幕　ドレストン男爵

敵の予想外の反撃は、我々を驚かせるには十分だった。

特に儂が驚いたのは、逃げて来た者の背中に刺さった矢の鏃だ。

我が領内でも屈指の製鉄技術を持つ者たちに作らせても恐らくここまで硬い鉄はでき上がらないだろう。

それもあの村には近隣の村の製鉄技術者が流入しただけなので、こちらの技術者よりも遥かに腕が落ちるはずなのにだ。

「さて、どうしたものかな騎士団長」

儂の問いかけに筋骨たくましい大男が地面に額を擦り付けんばかりに平伏して返事をした。

「こちらの方が敵よりも多くの兵を有しております。ですので、左右から数で圧殺するのが宜しいかと思いますが、被害が……」

彼は言外にここを攻撃するのは止めたいと言ってきたが、儂としてはこのままこの村にいい気になられては後々の統治に支障をきたすし、隣の寄り親がしゃしゃり出てくる可能性が高いのでそれは拒否して攻撃続行を命じた。

「被害がいくら出ようとも構わん！　敵を殲滅し、村の長を儂の前に引きずり出すのだ！　生死は問わん！」

「ははは－、身命を賭して」

彼はそう言うと攻撃準備をするとそそくさと天幕から出て行った。

「ちっ！　田舎の村長風情が儂に盾つきおってからに……」

だが、そんな愚痴とは裏腹に儂は自分がとんでもない者の尾を踏んでしまったのではないかとこの時、どこか不安を感じていた。

◆

敵の第一陣が後退して、どうにかまずは一勝と言ったところだ。

だが、この戦いに負ければ、即身の破滅と村の破滅を意味するので、最後まであがかなければならない。

「敵の次の手はどう出てくるかな……」

「馬鹿でなければ、正面を捨て、兵を分断して左右から攻めてくると考えられます。こちらの射手が少ないと言う欠点を突いてくるでしょう」

そう、こちらの射手は精々一〇人なのだ。

弓は扱いの難しい武器で熟練の技がないといけない。

もちろん射るだけなら少しの練習でできるのだが、弾幕を張る程の鉄がないのも事実なのだ。

なので、こちらは一〇人の弓兵でどうにかせねばならない。

もちろん相手もそのことはわかると思う。

何せ鏃に使った鉄は恐らくこの世界ではかなり珍しい高純度の鉄に仕上げたのだから。

鉄を高純度に仕上げるには高炉——溶鉱炉を作ることと燃料を用意することが重要だ。

今回に関しては、送風装置を動かせるかどうかが課題だった。

高温を保つためには強力な風が必要だが、そのためには水車という動力源が必要なのだ。

だが、それも今の段階では不可能だ。

何せ水車がないのだ、これではどうやっても送風装置が作れなかった。

何を水車ごときでと思うかもしれない。

だが、水車とはかなり精密な機械で、歯車のかみ合わせが悪ければ動かなくなる。

そしてなによりも水が必要なのだが、我が村の水源は井戸の水とアンドレアの水魔術。

要するに、どうやっても現段階では水車を使った送風装置が作れない。

まぁ、その辺りはアンドレアに鉄を溶かす間、風魔法を送ってもらうことでどうにか代わりの送風装置となってもらったのだ。

そして燃料は、今まで使われていたのは木炭だが、これを石炭に切り替え、それを蒸し焼きにしてコークスの生成を行わせた。

コークス自体は、時間の関係で少量だが手に入った石灰石を使ってどうにかした。

これらの装置と材料・燃料のお陰でかなり硬い鉄ができ上がった。

しかし、技術の独占ほど難しいものはない。

世に出た高い技術は近いうちに必ずまねされる。

恐らく石炭を使うと言う所まではすぐにまねされ、こちらよりは劣るが、今よりも強い鉄を作ることができるようになり、研究が進めば高純度の鉄の生成などすぐにでも行われるだろう。

「村長、敵軍が動き始めました。予想通り左右に分かれましたね。どうしますか？」

「射手は三名ずつ左右に展開、残りの四名は正面を警戒してくれ。壁際の防御隊に伝令！　敵が来るまで身を潜め、近づいたら狭間《さま》から一気に突き殺せと」

「わかりました」

俺の指示を聞いた伝令が左右の壁際の部隊に伝えに走った。

その間も敵は左右に展開しながら堀を必死に上り下りしている。堀は間の畝までが二メートルずつだが、鎧兜を付けた騎士では飛び越えられず、四メートル下の底に着地するしかない。

「うっ！　これは、意外と幅がある。飛び越えられるか？」

「せいの――駄目だ！　届かない」

そして着地した後這い上がろうとするが、かなりの急こう配なので、鎧兜で身を包んだ騎士では残念ながら登れないようになっている。

「一気に登れ――だ、駄目だ、急すぎて足場がないと動けないぞ、誰か足場を作ってくれ！」

「よし、俺達が足を支えるからお前が先に登れ！」

「おう、せいの！」

このようにして、誰かが担いだり、足場を作って上がらないといけないのだ。

「やっと登れた――ぎゃ！」

「ひぃ！　あいつら俺達が登って来るところを狙ってやがる！」

「頭を隠して登れ！」

「無理だ！　足場があっても手を使わないと登れない！」

もちろんその上がってくる騎士の頭を射手は狙っており、モグラ叩きのように出てくる頭めがけて矢を射続けた。

だが、射手も人間だ。

いくら正確に狙ってもそう何度もヘッドショットができる訳もなく、徐々に越えてくる騎士が多くなってきた。

「よし！　あと一息だ！　また足場を作って越えるぞ！」

「これを越えたら村の塀の前だ！　気合入れていけ！」

「せいの！　よし！　着いた――ぎゃ！」

「塀の隙間から槍が出てくるぞ！　気を付けろ！」

敵が兵の前に現れた瞬間、鉄製の穂先を備えた槍が狭間から飛び出し、敵を串刺しにしていく。

そして、塀の近くには取っ手がなく、狭間を使って登るしかないので、どうやっても敵は上に行けないのだ。

二時間ほど左右で戦闘が行われた結果、騎士団の兵は約半分にまで減っていた。

流石にこれ以上の継戦は不可能と考えた騎士団長は撤退命令を出し、撤退を始めるが、一度堀に入った兵は簡単に抜け出せず、逃げ出す間にもこちらの矢で何人もの兵が死傷し、置いていかざるを得なくなるのだった。

そのため、敵は当初一〇〇名程だったのが、この第二陣の攻撃で撤退できた兵は三〇名程で、堀の中で死者・重軽傷者は軽く五〇名を越えていた。

この結果にドレストン男爵も驚き、そして地団太を踏んで悔しがっているのが見えた。

「これで引き上げてくれるといいのだが……」

俺の願いとは裏腹に、敵は矢の届かない位置から魔法による攻撃を加えようと準備を始めた。

「よいか！　敵の防御施設は木でできている部分が多い！　ファイヤーボールで一気に燃やしてしまえばこちらの逆転勝利となるぞ！」

敵軍は何人か魔術の使える者が左右に広がって同時に攻撃をしてきた。

「しまった！　魔術か！　全員退避！　壁からすぐに離れるんだ！」

俺の号令を聞いた村民が壁際から一斉に退避し始めるのとほぼ同時に敵が魔術を放ってきた。

どの魔術もソフトボールくらいの大きさだが、こちらの木の部分を燃やすのには十分すぎる大きさだった。

「まずい！　櫓とここを狙われている！　アンドレア、退避するぞ！」

「いいえ、村長。それには及びませんよ」

落ち着き払ったアンドレアの態度を俺は一瞬訝しんだが、相当な自信があると言うことがその表情から伺えたので、彼に任せてみることにした。

「……何か方法があるんだな？　分かった、ならお前に任せる」

俺はそう言うと、櫓の上で胡坐をかいて座り込んだ。信頼していると伝えると、彼もニッコリと笑って両手を正面に向けた。

俺が座っている位置からは敵の魔法が迫りくるのが見えていた。

徐々に大きくなりながらこちらに向かってくる魔法は俺の心臓を早鐘のように打ち鳴らし、恐怖させるのに十分な迫力があったのだが、次の瞬間全ての魔法がアンドレアの放った魔法で一斉に消えたのだった。

「ウォーターウォール」

彼がそう言うのと同時に、堀の辺りを境目に防壁の左右の端まで届く長さと火魔法を打ち消すだけの厚さのある水の壁を出現させたのだ。

これには敵も面食らったのか、呆然としてこちらを見ていたが、魔術を放った一人がアンドレアに気づいたのか指さしながら何かを叫んでいた。

そして、それとほぼ同時に村の方からも何人かの囁き声が聞こえていた。

「お、おい、あれを見てみろ。やっぱりアンドレアはあの人じゃないか？」

「あ、あぁ。あの魔術、あの金髪。昔従軍した時に見た【放浪の魔術師】だ……」

そんな囁き声も彼は気にした様子はなかったし、俺もどこぞの没落貴族かなんかのとんでもない奴だろうと考えていたので、動揺は少ない。

だが、そんな俺の予想していた方向のかなり斜め上を行く奴だった。

俺がそんなことを考えていると、敵の総大将であるドレストン男爵が撤退の号令をかけ、敵は逃げるように糧食や武具を置いて去っていくのだった。

「さぁ、村長。我々の勝ちですよ」

「あ、あぁそうだな」

俺は若干アンドレアの凄さに呆気に取られて座り込んでいたが、彼に促されて立ち上がると村民の方を向いて勝利の勝鬨《かちどき》を挙げた。

「敵は去ったぞ！　我々の勝利だ！　エイ！」

「オー！」

こうして俺達は自分たちを守ることができたものの、国家に対する反逆者として歩んで行かなければならなくなってしまうのだった。

◆

ドレストン男爵を追い払ってからすぐに俺達は堀の片づけを始めた。

まだ息のある騎士は武装解除を命令して手当てをすると同時に捕虜として扱うことになった。

数は約二〇名おり、この中で一人だけ俺に味方したいと申し出てきた物好きな奴がいた。

「……で、なんで俺に着いて行きたいなんて言いだしたんだ？　えっと……、何君だったかな？」

俺の目の前に縄で縛られて座っている二〇歳前の優男が喜々として答え始めた。

「コーナー・グリプスホルムです、村長殿。私は元々内政官でして、色々な内政方法を考えては実行することを生業としていたのですが、私の内政手腕に嫉妬した無知な奴らが追い出し、私はこうして騎士として戦いに出る羽目になったのです」

「それはわかった。コーナーはなんで俺に目を付けたんだ？」

「まず一つは村長の内政方法、特に農業技術が他の人間に比べて遥かに優れているからです。これだけの土地でこの領土の麦を半年分も作り出すのは並大抵の技術ではありません！　それを学びたいのです！」

彼は理由を話しながら徐々に興奮してきて、最終的にはこちらに唾を飛ばす勢いだった。

俺はそんな彼をジッと見つめながら何か矛盾がないか、信用して大丈夫か冷静に見るようにした。

「しかし、俺以外にも農業の専門家はいるだろう？」

「いえ！　あなた以上の方はいません！　私はあなたから学びたいのです！」

どんだけ必死なんだよと思ってしまうくらい彼の眼は必死だった。

「わかった。最後の質問だ。俺に仕えれば恐らく家族の命はないだろう。それでも来るのか？」

そう、俺は紛れもなく国家の反逆者である。この小さな村では王国軍を相手に、恐らくあと三年持てばいい方だろう。

あとは国際情勢によって多少の変化はあるだろうが、〝現状維持〟で行けばそれくらいだ。

そして、反逆に加担すれば家族は恐らく打ち首や磔にされるか、人質になる。

「私に家族はもういません。私は貴族家に養子に出された者です。その家もつい先日当主が、その大分前に夫人もなくなっており、家は私の権限で家宰以下メイドなども暇を出しております。ですから今の私には名前だけしか残っていないのです」

なるほど、確かにそれなら自由になるだろう。

だが、信用できるまでは重要なことは任せられない。

少しでもおかしな素振りを見せたら切れるようにしないといけない。

「わかった。暫くの間は監視を付けること、機密にしなければならないことには参加させないこと、不審な点があった場合は即切り捨てることを了承できるならば迎え入れよう」

俺の機密に関する条件を聞いた瞬間に少し落胆したような表情を見せたが、すぐに顔をあげてこちらを見て宣言してきた。

「なら、信用されるまで頑張りますので、よろしくお願いします」

彼はそう言って頭を下げてきた。

流石にこの条件まで飲まれたらこちらとしては断ることができないので、了承することにした。

◆

その後、敵が残して行った糧食や装備などを計算していたゴードンが俺の所にどれくらいの金額になるか試算を持ってきた。

「恐らくですが、武具が一揃いしているのが銀一〇〇枚ほどで売れるでしょう。それが約一〇揃いありました。またそれ以外の武具もあり、恐らく全てで銀五〇枚分にはなるでしょう。後、糧食ですが、こちらはあまりありませんでした。恐らく領主軍も相当な無理をして軍を起こしたのでしょう。全部集めても村民約一五〇人で一日も持たない量ですね」

「なるほど、かなり厳しい状況が全土に広がっているんだな。あとはここにいるコーナーを使って戦った村民全員で均等に割り振れるようにしてくれ。装備の販売先はドローナに任せよう」

それから俺はゴードンに二、三指示を出してから捕虜のいるアンドレアの手がけた即席の牢屋の視察に行った。

牢屋の広さは約二〇畳と一九人では手狭だが、全員がこの牢屋に入っている訳ではない。

彼らの内六名程が重症、三名が意識不明の重体となっているので、一〇人で入ってもらっている。

もちろん彼らには食事と衛生的な生活を保障しているが、あまり長い時間ここにいられても困るので、さっさと帰ってもらえるように比較的若い男に手紙と帰りの糧食と剣だけを返して放り出した。

彼には、「二週間で交渉の使者がこちらに到着しない場合は捕虜を全員殺す」と言って脅している。

もちろん無暗に殺すことはしない。

これは若い男に必死になってもらうための嘘だ。

「さて、捕虜の処遇もある程度決まったし、そろそろ話を聞かせてもらおうか？　アンドレア」

俺は自分の家にアンドレアを招いて彼の出自について質問をした。

これまでも何度か質問したが、毎回のらりくらりと躱されていた。

「……はぁ、流石に今回は逃がしてもらえそうにありませんね。わかりました、お話ししましょう」

彼はそう言って大きなため息を吐くと自分の過去を話し始めた。

「私、アンドレア・ホーエンハイムは【放浪の魔術師】と呼ばれている魔術師です。魔術師に二つ名がつくのはその実力が大魔術師以上の実力者と認められた証でもあります。謂わば王国筆頭魔術師と同義なのです」

「王国筆頭魔術師というと、アニエス・クラックという女性魔術師だよな？」

俺の拙い記憶にあった名前を出すと、彼は少し表情を歪めながら首肯した。

「えぇ、私は彼女と肩を並べる存在ではありますが、王国の正式な記録からは抹消されています」

「抹消？　それはなんでまた？」

「私が過去に大罪を犯したからです。私は生物創造の禁忌を犯したのです」

「生物創造？」

「えぇ、それをしたがために、全ての記録からの抹消と私自身の抹消が王国によって命令されましたが、私を止められるのはアニエス以外だと万の軍勢が必要になるでしょう。流石にそこまでのことをしてまで私を殺しても意味はないと考えた国王は、私に対して呪いをかけました」

「呪い？　国王は呪術師か何かなのか？」

「まぁそんなものです。彼らは神話の時代より神から私たち魔術師の行動を封じる力を与えられているのです。そしてそれは国外に出られないと言う呪いでした」

「地味な呪いだな。それより他の貴族から声はかからなかったのか？」

俺の問いかけに彼は首を振って自嘲気味に笑って続きを話した。

「それは無理でした。国王は私を雇うことを禁止したのです」

安土桃山時代の〝奉公構《ほうこうかまい》〟という奴だな。

追放された家臣が他家に仕官することを禁止する文章を発行されたのだ。

これが戦国乱世ならいざ知らず、ここは比較的平和な貴族社会で発行元は国王だ。

誰も厄介の種を持ちたくなくて恐らく何もできなかったのだろう。

「で、俺の噂を聞いてここにやって来たってことか？」

「えぇ、研究と言うのも嘘ではありませんが、貴方なら栄達するかもしれないと考えてここに住ませていただいたのです。そしてそれは予想を遥かに超えて反逆者とまでなられた。このお陰で私にかかっていた呪いも無事とけました」

ん？　俺が反逆したから呪いがとけた？　どういう意味だろう。

俺が首を傾げていると、それに気づいた彼は詳しく説明をし始めた。

「あぁ、すみません。言葉が足りませんでしたね。反逆したと言うことは、ここは国家の干渉が及ばない地域となります。それは要するに国外と同じなのです。私の呪いは国外に出れないことこれだけなのですが、一歩出れてしまうと呪いは消えるようになっているのです」

「なるほど、言葉遊びみたいな感じだな」

「言いえて妙です。出れないのに出てしまった状態が起これば呪いに矛盾が生じます。その矛盾によって呪いは自壊してとけてしまうという訳です」

そこまで話すと、アンドレアは一息ついて暗にこれ以上話すことはないと俺を見てきた。

「わかった。どこまでが信用できる本当の話かは分からないが、こちらでも調べて矛盾があればその時また聞こう」

「ありがとうございます。ではこれにて今日は失礼します」

「あぁ、お疲れさま」

俺がそう言って手を振ると、彼は一礼して家を出て行った。

INTERVAL
幕間

ドレストン男爵との戦いの後処理も一息つける所まで片付けた俺は、ある日ふと考えた。

「なんで俺、この世界に来たんだろう？」

それはもっと前に思うべき疑問だった。

現世での俺は正直言って典型的な日本のオタクと言う醜男《ぶおとこ》だった。

それがなぜかこの世界では顔も歳も変わってしまっている。

俺の前の体に一体何があったんだろうか？

俺がこの世界に来る前の一番新しい記憶は、被災した熊本城の修復を祝う竣工式を見物するために新幹線で移動していた時の物だ。

◆

「いや〜、やっと熊本城の竣工式か〜！　あの城が被災したのは、俺が小学校の頃だから……ざっと二〇年近く経っているんだな」

俺は初めて見ることができる熊本城に興奮し通しだった。

何せ熊本地震の時に俺は小学校中学年だったのだ。

だからしっかりと立っている熊本城を見るのは生れて初めてになる。

一応社会人になってから何度か修復工事中の熊本城を見に来ていたが、どこまで復元できたのか楽しみで堪らない。

「この日のために有休を取ったんだ。絶対に中に入ってやるぞ！」

周囲からの冷ややかな視線を少し感じながらも俺は一人意気込んでいた。

それから四時間、新幹線に乗って熊本城へと向かった。

熊本城に着くと、天守閣の周囲は竣工式用の垂れ幕で覆われて見えない状態になっているが、周囲の石垣や櫓はしっかりと修復されているのが見えた。

特に何度見ても感動するのは、壊滅的被害を受けた飯田丸五階櫓《いいだまるごかいやぐら》だ。

当時テレビで見ていた櫓の足元はまるでジェンガの崩れる手前のような状態で支え合っている石垣の角の部分だった。

小学校の時は名前をまだ知らなかったが、あの石垣の積み方を算木積《さんきづ》みと言うらしく、まさしくジェンガのように交互に組み合わせて角を出し、耐久性を上げる仕組みになっているらしい。

子ども心にバランスゲームの崩れそうで崩れない何とも言えないハラハラ感を味わったのを覚えている。

その飯田丸も見事に修復され、しっかりと算木積みをもう一度一からしたそうだ。

そして、粉々に崩壊した北十八間櫓《きたじゅうはちけんやぐら》も残していた写真などから当時の大きさを割り出し、以前の表面だけの石垣とは違い、中にしっかりと埋め込む形の昔ながらの石垣に戻したそうだ。

ただ、これをするに当たっては、文科省と相当やり合ったという話もちらほら聞くので、その苦労が偲ばれる場所だ。

そのほか崩れた石垣も全て昔ながらの設計で作り上げ、一部マニアの間では最新技術を使うよりも耐震性が上がったと言われているほどだ。

俺が熊本城の天守閣の近くに行く行列に並びながら石垣などを愛でていると、突然ラッパの音が聞こえてきた。

いよいよ竣工式が始まるらしい。

竣工式が始まってから、市長のお礼のあいさつやどう直したかの説明を受け、ついに天守閣にかかっていた垂れ幕が降りた。

◆

……と思った瞬間から俺の記憶はなくなっていた。

おそらくだが、俺はこの瞬間に何者かに殺されたか、異世界に無理矢理連れて行かれたかしたのだろう。

まぁ体が変わっている時点で恐らくだが、俺は一度死んでいる。

そして、この世界に来た時点で元の体の持ち主である〝ロイド〟も脇腹を刺されたか抉られて死んでいたのだろう。

「というか、死んだと考えて本当の意味での第二の人生を送るか……。それにここでしかできないこともたくさんあるからな」

結局俺の記憶は中途半端な所で切れているので、死んだと考えてこの偶然手に入った余生を楽しむことにするのだった。

CHAPTER 03

第三章

ドレストン男爵の襲撃から二週間が経った。

この間までの戦闘が嘘のように平和な時間が流れる中、男爵側からの交渉の使者がやってきた。

「お初にお目にかかります。今回は捕虜の開放についてです」

「お待ちしておりました。それで条件はどのようになりましたか？」

俺が金額を聞くと、使者は顔を強張らせて男爵からの書面を読み始めた。

「我、ドレストン男爵は反乱せし村長に命じる。即刻捕虜を解放し我が館へと出頭せよ」

使者はそう言うと、俺の顔色を窺うように上目遣いで見てきた。

俺もある程度厳しい交渉になるだろうと考えていたが、彼はあれだけ手酷くやられてなお負けたと言わないらしい。

まぁ、貴族社会はプライドの社会と聞いていたから、どんな言い訳をしてくるかと思ったが、これはあまりにも酷いとしか言えないだろう。

「使者殿、申し訳ないがそのような条件ではこちらは首を縦に振れません。手紙は受け取りますが、帰ってもう一度条件をすり合わせて来てください」

俺がそう言うと、傍で控えていた武装した農民兵が使者を門の外まで追い立てて行った。

さてはて、これは困った話だが、騎士の皆さんにお知らせだけはせねばならない。

いっそこの悪手を逆手に離反の計に持ち込むと言うのもありかもしれないな。

俺が頭の中で今後のことを考えていると、マリーが入ってくるなり怪訝な顔で話しかけてきた。

「ロイド？　今すっごく悪い顔してるわよ」

「え？　あ、あぁははは、ちょっと考えごとをね。ところでマリー、何か用かい？」

マリーに図星を突かれて少々焦ったが、彼女に来訪の理由を尋ねると、ドローナが来たらしいと言うことだったので、いったん棚上げにしておくことにした。

ドローナの元へ行くと、彼女は若干緊張した面持ちで俺を待っていた。

「こ、この度はご戦勝おめでとうございます」

「どうしたんですか？　ドローナさん。珍しく緊張なんかして」

俺がいつもと変わらない様子で話しかけると、ドローナは深呼吸をして気持ちを落ち着かせてから話し始めた。

「いえ、正直に申しまして怖かったのです。前回の勝利で村長の人が変わっていたらどうしようかと……」

「なるほど、それについては大丈夫ですよ。私は私です。これからも変わりません。ところで石灰石はありましたか？」

俺の宣言を聞いて本心からやっと安堵できたのか、ドローナはいつもの調子に戻って依頼していた商品を見せてくれた。

「こちらの石でよろしかったのですか？　あまり利用する用途のない石だと思うのですが……」

「まぁ利用方法はまた後日お越しいただいた時にわかるでしょう。量は……おぉ！　これだけあれば十分です。それで料金はどれくらいですか？」

「そうですね。ほぼ捨て値だったので一樽で銅一〇枚ほどになります」

「お、それは安いですね。では全部いただきましょう」

「ありがとうございます」

ドローナに金を渡すと、彼女の隊商の部下が石灰石を家の倉庫まで運んでくれた。

その様子を見ていると、ドローナが買い取る商品の話をしてきた。

「それで、今回は、梅漬けはできていますでしょうか？」

「申し訳ないが今回は戦闘もありましたので、お売りできるほど作れていないですね。また次回お越しになった時にはできているようにします」

俺がそう言うと、彼女は落胆した表情でため息を吐いた。

「代わりに市場に流して欲しい商品が多数ありますので、そちらをお願いできますか？」

「流して欲しい商品というと、男爵家の鎧などですか？」

「そうです。男爵領の騎士の装備品です」

俺がそう言うと、彼女は眉間にしわを寄せて考え始めた。

少しその様子を眺めながら待つと、俺の方を向いて話し始めた。

「残念ですが、その鎧は買い取りを拒否します。鎧にはその貴族家の刻印がされており、販売すれば足がつきます。そしてそれは即ち、ドレストン男爵家への敵対意思の表示と受け取られかねません。私たちは先程も申し上げたようにあくまで商人です。一つの貴族家と敵対するだけの力はありませんので、ご勘弁ください」

「わかりました。まぁ恐らく鎧はダメだろうと諦めていましたので、溶かしてこちらで使えるものに作り直します。では武器類だけ買い取りをお願いします」

「えぇ、そちらは喜んで買い取らせていただきます」

その後、ドローナと値段交渉をして、武器類一三点は銀一四〇枚で買い取られていった。

◆

ドローナ達との交渉が終わった俺は、次の仕事に取り掛かった。

それは増えた村民の開拓地計画だ。

今の堀の内部は開発が進み、空き地がほとんどないのが現状だ。

この状態ではどうにもならないので、縄張りを決めることにした。

本来なら、縄張りを決めてから堀や塀などを作るのだが、今回は緊急事態だったので、先に堀と塀を完成させてから決めることになった。

「さて、集まってもらったのは他でもない。この周辺に関して地図を作ろうかと考えている」

「地図、ですか？　必要なのはわかりますが、なぜ今なのでしょうか？」

確かに今は色々なことがあるので、地図にかまける理由が解らないと言うのは良く分かる。

だが、このまま計画も何もなく進めては村が発展する上で阻害要因になりかねないのだ。

「地図ができることで周辺の様子がわかるし、もしかしたら梅漬け以上の特産品ができるかもしれない。それに今後の防衛施設の造営を考えると、大きめの石も大量に欲しいんだ。そして何よりも地図を見てそれらを予め考えて作ると、村が城と城下町のある大都市になる可能性も広がるんだ」

地図が必要なこと、計画を立てる重要性を説くと、村民たちの顔に納得の色が出始めた。

特に村民が期待したのは、城と城下町のある大都市と言う言葉だ。

誰しもが都会に憧れを抱き、都会を一度は見たいと考えているが、農民には中々かなわない夢である。

それを叶えてくれるかもしれないと考えると嬉しくなってきたのだ。

「わかった。村長の言うように地図作りを手伝おう。けど裏の森とかはどうやって入るんだ？　おら達では、入ったはいいがそのまま魔物の腹にまで入ってしまいそうだ」

「その点は心配ない、アンドレアと新しく入ったコーナーに、定期的に裏の森に入って測量をしてもらっている。裏の森の規模やどんなものがあるかは徐々に分かってくるだろう。まず皆にやってもらうのは、現在の村の中と柵の外の状況を整理することだ」

それから俺は村民に対して村のどこを調べて欲しいか、調べる時はどうするのかを詳しく教え、大まかな村の地図を完成させることができたのだった。

◆

さて、測量もそれなりにでき、現在の村の状況がわかってきた。

まず、主要な大通りから村までは一本の道でつながっている。

両脇に木が生い茂り森になっているが、一応荷馬車も一方向だけだが通ることができるくらいの道だ。

そんな道が約五キロにわたって村まで続いている。

その道を抜けると、最近少し開発し始めた田畑と家が両脇に見える。この辺りは流民用に開発を始めた場所になる。

そこから一〇〇メートルも進むと、幅約四メートルの堀と真ん中に若干斜めになった橋がある。

もちろん先の戦闘で作った落とし穴は、アンドレアに頼んで既に埋め立てているので今は安全な道になっている。

そこから入ると元の村になる。村の畑は基本的に四か所に分かれている。

それぞれ東西南北のブロックで農業を行っていて、地域班長を決めている。

これは、もしもの時に班長を中心に動けるようにするためだ。

この四ブロックの中心にアンドレアの小学校が存在し、午前中だけだが、初等基本教育と魔法教育を施している。

そんなアンドレアの学校から少し離れたところに俺の家である歴代村長宅がある。

この家の裏手に山が二つあり、その中の一つが麦集積所と登り窯が作られているのだ。

「さて、村の開発だが、今後人が増えることが予想されるので広げなければならない。それに伴って魔物に対して備えなければならないし、男爵等の王国軍との戦いも予想されるから、できる限り防御を整える必要がある」

「討伐は私だけでもできますが、虱潰《しらみつぶ》しにしようと思うと、いささか時間がかかり過ぎますがどうしますか？」

俺の提案にアンドレアは、時間的余裕がないことを踏まえて質問をしてきた。

もちろん俺としてもその辺の対策は考えているので、説明を始めた。

「まず、アンドレアの心配についてだが、先日、捕虜開放の交渉がとん挫した。このことを捕虜たちに伝えて、こちらに寝返るように促そうかと考えている。そうすれば、訓練と実戦経験を積んだ兵士が手に入るし、彼らを筆頭に流民から有志を募って兵士として訓練させればいいと考えている」

「なるほど、確かにそれならすぐにでも使い物になりますし、訓練方法なども任せられますね」

この村には実戦経験が乏しい農民しかおらず、基本的に兵士として使える人材は少ない。

それに流民全員に仕事を与えることはほぼ不可能で、今後のことを考えても自警団という名目で軍隊を発足させなければならない。

当面の総司令官は俺になるだろうが、これも時機を見て適当な人材を引き抜き任せられるようにしたい。

「ただ村長、捕虜をすぐに信用しても良いのか？　住民の中には彼らが反逆するのではと不安になる者もいると思うが？」

「うん、確かにその可能性は大いにある。ただ、ここ数日だが彼らの隊長であるバリスと話したが、彼はそのような非道な行いができる人物とは思えないし、彼を責任者として任命すれば、恐らくだが兵達も納得するだろう」

「ですが、武器を与えるのはどうかと……」

「いや、むしろ信頼するから武器を与えるんだ。彼らはバリスによって抑えられる。そう信じて任せることが今後のためになると俺は確信しているんだ」

俺がそう言い切ると、アンドレアも各地区の代表者もそれ以上はないと口をつぐんだ。

まぁ、心配は確かにあるが起こってもいないことを心配しても仕方がない。

嫌疑だけで逮捕できないのと一緒で、疑って関係を悪くするくらいなら俺は信じて裏切られる道を選びたい。

「で、開発の計画だが、まだ先の話になるが、準備が整い次第裏の森を開発して行こうと考えている。それと同時並行で、山の平らな部分に城郭を築こうと考えている。この城郭を今後の防衛の最終手段にしたい」

「城郭ですか？」

村の代表者からも質問が出たので、かねてより計画し、設計を開始していた城郭の図面を机に広げて見せた。

図面を見た代表者からは「おぉー」という歓声と同時にこの世界にはない形の城郭だったので、次の瞬間には全員が微妙な表情になった。

「……村長、この見たこともない建物はなんだい？」

「これか？　これは海を越えた東の果てにある島国の城郭でな、これが中々合理的な構造をしているんだよ。まずは、この石垣これはある程度の大きさの石を組み合わせて作るものでこれを作ることで城の基本的な防御力を上げ、また堀との相乗効果で攻めにくくするんだ、そしてこの道の形だが、これを虎口《こぐち》と言って、入った敵を一斉に狭間から狙い打って全滅させ――」

「村長、詳しい話はまた今度にしましょう」

代表者からの質問に俺は嬉しくなって、自分の考えた城郭を事細かに説明し始めたが、ライズに止められてしまった。

「……ん、ウォホン！　と言う訳でこの城は機能美を集約した城なんだ。もちろん現段階では金も何もかもが足りないから、頑張って資金調達と素材を集められるようにするためにも、周囲をしっかりと探索したい」

わざとらしい咳払いで誤魔化そうとしたが、周囲の目が少し……いや、かなり痛い。

そしてその目に混ざって、アンドレアが同類を見る目でしきりに頷きながら笑いかけてきやがる。

「まぁ村長の趣味は置いといて、とりあえず村を大きくするためにも、もっと色々しなきゃならんのだな？」

「まぁ、要約するとそんな所だな。と言う訳で地区の皆には田畑の管理と、漬物などの特産品の生産を頼む。流民の方には土地開発をどんどん進めさせてくれ」

そう言って俺が見回すと、一人手を挙げている奴がいた。

「何か質問か？　ゴードン」

「あぁ、聞いていいのか分からなかったのだが、以前回収した騎士の死体はどうなったんだ？」

以前殺した、もしくは手当の甲斐なく死んだ騎士は首から上を埋葬し、首から下はとある場所に埋めている。

「死体については、首は知っての通り墓地行きだが、体の部分は糞と尿と黒土、それにヨモギの葉を混ぜて登り窯の少し上に放置している」

「なんでそんなことをしているんだ？」

彼は嫌悪するような表情で俺に再度尋ねてきた。

「理由はあるにはあるんだが、まだできるかどうかも分からないものだから、今は明言するのは避けるよ。ただ、今後の防衛のために開発するもので必要になるからとだけ言っておく」

俺の言葉に皆首を傾げているが、アンドレアだけは興味深そうに俺の方を見ていた。

これは下手すると夜通しで何のために作っているか説明させられそうだ。

「それじゃ、他に質問はないね？　じゃそれぞれの地区に戻って決まったことを通達してきてくれ」

◆

次の日、俺は騎士達が入っている牢屋の前に立っていた。

「やぁ、おはよう。気分はどうかな？」

「村長殿か、牢屋と言うこと以外は、特に不自由なくさせていただいている。今回はどういったご用かな？」

彼の名はバリス。男爵家と所縁《しょえん》のある家出身の男で、一九人の捕虜の中では一番位が高く隊長格になる人物だ。

筋肉質な体に髪を刈り上げた、如何にも軍人と言った感じの見た目に、ヒスイのような緑色の目が特徴的な男だ。

ちなみに家柄は、騎士爵というれっきとした貴族の三男坊だという。

この家柄については、彼と何度かこの場で話した時に聞いた話だ。

「実は先日、捕虜交換のための交渉の使者を出したのだが、男爵からとてもではないが受け入れられない条件が来てな」

俺がそこまで話すと、バリス達は表情を強張らせていた。

恐らく交渉が決裂したから、自分たちが死罪になると思っているのだろう。

「……となると我々は」

「あぁ、帰ってもらう訳にはいかなくなった」

「そうか、これも戦の、敗軍の兵の定め。磔《はりつけ》か打ち首だな……」

「いや、そんなことしないぞ。そうではなくて、君たちにはここで生活してほしいのだよ」

俺の提案が予想外の物だったのか、バリス達は一瞬「何を言っているんだ？」という呆けた面をしてから、我に返って俺の方を見てきた。

「それでは俺達を殺さないのか？」

「元から殺す気はない。ただ、こちらに降《くだ》ってくれる者以外は牢に居続けてもらうことになるが」

そう提案すると、バリス達はお互いの顔を見合わせた上で、俺に質問をしてきた。

「一つ聞かせて欲しい。男爵様はどんな条件で俺達の開放を要求したんだ？」

まぁそこは聞くよな。

こちらの情報が嘘でした。で裏切っては洒落にならんからな。

「それについては、俺宛の書状があるからそれを読んでくれ」

そう言って手紙を差し出すと、彼らは食い入るようにそれを読み始め、そしてため息を吐いて暗い表情になった。

それもそのはずだ。いくら何でも条件として納得できるものではないし、この条件を飲むとは考えられない。

そして、その結果がどうなるかは誰が見ても、誰が考えてもわかることだ。

「領主の印も押されている……俺達は見捨てられてしまったのだな」

「まぁそう捉えざるを得ないだろう。俺もこの条件を見た瞬間目を疑ったよ。せめて多少の金銭を払うくらいのことは言ってくれると思っていたからね」

彼らは俺に手紙を返すと、暫く俯いて考え始めた。

そして、考えの整理ができたのか、全員が俺の方を見て頭を下げてきた。

「村長、どうか我々を貴方の下で働かせてくれないだろうか？　できることなら何でもするので、よろしく……お願いします」

「こちらこそよろしく頼みます。希望者は自警団に、それ以外の職を希望するなら私に申し出てください。……あぁ、バリスさんだけは自警団の団長に就任していただきます。訓練や魔物退治をよろしくお願いしますよ」

「はっ！　身命を賭して役目をまっとういたします」

◆

こうして、村に自警団と言う名の軍隊が組織されることになった。

ただ、自警団は現在バリスを入れて一〇名。明らかに人員が不足しているのだ。

そこで、俺は自警団設立を宣言したのと同時に、団員の募集する旨を布告した。

自警団が設立を宣言してから三日後、流民の中から兵になることを希望する者を募ったが、衣食住が確約されていることもあり、予想以上の人だかりに正直困っている。

「バリス団長、この人数を兵として雇うことは正直不可能だ。どうにかして選別してほしいのだが何か方法はあるか？」

「そうですね。まずは基礎体力で振り落としましょう。今日一日くらい開墾作業をしなくても大丈夫なのでしょう？」

「まぁ初期段階の開墾はアンドレアに任せているので、多分大丈夫だが、基礎体力は何を測るんだ？」

「とりあえず、持久力と剣槍の基本動作を見て決めたいと考えていますが、どれくらい兵として採ってもいいのでしょうか？」

「そうだな、この調子で開墾が進めば将来的にはここにいる全員を雇えるが、畑の人手が必要なので、四分の一の一五人にしておこう」

「一五人ですね。わかりました。では上から筋のいいものを一五人選抜します」

雇う人数を確認すると、バリスは試験官となる元同僚に試験の科目等を伝えに行くのだった。

その後、一時間ほど受付に時間を使ってから、試験が開始された。

最初の試験である持久走は、村の四ブロックの外側を十五周走るという物だった。

もちろん無給水で走っては流石に倒れるだろうと考え、持久走の間だけ、アンドレアに給水所を設けてもらい、彼には水を供給し続けてもらった。

試験を受けない村民については、今日は休みとして、受付の手伝いなどの運営側と観戦者となってこの試験を楽しむことにした。

「それでは、位置について……よーい、スタート！」

俺の合図で全員が走り始めた。

所定の回数をどれだけ同じペースかつ速いタイムで走り続けられるかがこの競技の肝となるのだが、およそ持久走と言う物を経験したことのない村人達は、スタートの合図と同時に全速力で走り出してしまった。

「おぉっと！　スタートの合図からいきなりのダッシュ！　ほぼ全員が一個の塊となって村の第一コーナーに差し掛かった！　ちなみに実況と解説はコーナーでお馴染み、コーナー・グリプスホルムがお送りします！」

競技が始まったのと同時にコーナーが頼んでもいないのに実況と解説を始め、見物客からもやんややんやと囃し立てる声が聞こえる。

まぁ楽しめているならそれでいいのだが、いつの間にコーナーの奴は小学校の屋根に登っていたんだろう……。

「さぁ先頭集団がものすごいスピードで走り始めて一分が経過しました。流石に先程のペースでは走れなくなってきたのか、先頭集団からの脱落者が相次いでいます。現在の先頭は約一〇名と絞られてまいりました！」

まぁ、ほぼ全速力でここまでよく走ったものだ。

既に先頭集団は二周目に突入しているが、このペースで完走はまず難しいだろう。

「約一〇分が経過しました。先頭集団のスピードもある程度落ち着いてきており、現在先頭は五名まで絞られております。ただ、この先頭集団もスタート時点とは比べ物にならないくらいペースが落ちています！　現在先頭は約五周目で周回遅れも出ているものの、徐々にですが、巻き返されてきております！　さぁ先頭集団はどこまで逃げらるのか！　段々と面白い展開になって来ました！」

最初こそ全員全力ダッシュだったが、徐々に落ち着き、現在ではほぼ全員がジョギング状態だ。

ただし、最初からペースを一定に保っていた周回遅れ組は、徐々にだが先頭集団に接近してきており、時間切れまでにどれくらいの人数が持つか見ものだ。

「さて、あれから約二〇分が経過しました。現在先頭は相変わらず五名ですが、なんと！　周回遅れ組が先頭集団を射程距離に捕らえ始めました！　既に一四周回っており残すところは後もう少し！どこまで逃げられるか？　先頭集団！　どこで追い抜けるか？　周回遅れ組！　これが時間的にも最後の一周となります！」

コーナーは内政の才能があるとか言っていたが、どうやら実況者の才能もありそうだ。

今後催し物をする時は、彼を実況者に立てると盛り上がるかもしれないな。

俺がそんなことを考えていると、持久走の決着がついたようだ。

勝ったのは、先頭集団の五名だった。

最後の追い込みに対する逃げは、なかなか見ごたえのあるレース展開だったといえる。

それから一〇分後、最後の走者がゴールしたところで一次試験は終了となった。

最初先頭集団にいた者の内合格ラインに達したのは五名だけで、あとは思い思いに走っていた者たちが一五名合格した。

ここから三〇分の休憩を挟んで、剣と槍の素振りを見て合格者をバリス達に決めてもらう。

もちろん、剣や槍を握ったこともない農民たちなので、休憩の間に簡単な振り方のレクチャーを受けている。

「それでは、素振りはじめ！」

合図とともに二〇人の候補者が一斉に素振りを始めた。

流石に先程までの楽しい余興と言う雰囲気はなく、今後自分たちが養っていくであろう相手を、村民はジッと眺めていた。

「それでは試験はこれにて終了！　結果は明日、我々で協議した上で発表する！」

バリスの宣言に余裕の表情をする者もいれば、実力を出し切れなかったと悔しそうな顔をする者もいたが、それぞれが帰路につくのだった。

その後、試験官を務めていた部下たちの意見を纏めて、合格者の番号の書かれた板を俺に提出してきた。

「これで、大丈夫なんだな？」

俺の念押しにバリスは苦笑しながら応えた。

「それは正直わかりません。この中で使い物になる奴が半分出ればいい方だと考えてください。大怪我をする者もいれば、訓練から逃げ出す者もいます。そんな困難に耐え抜く運と実力のある者だけが生き残れるのです」

「……それもそうだな。これから先の訓練方法はバリス団長に一任する。ビシバシ鍛えてやってくれ」

「かしこまりました」

俺の一言に彼はニヤリと笑いながら応えてきた。

今後彼らがどう成長するか楽しみである。

INTERVAL
◈幕　間◈

あれは、私がまだまだ無名の魔術師であった頃の話です。

私はアニエス・クラックと同期で彼女は既に王国筆頭魔術師で【瞬炎】の二つ名をもらっている才女がでした。

そして、彼女とは王国魔法学院時代からの友人でありライバルだったのです。

彼女が二つ名持ち、一方の私は名もないしがない魔術師……。一体どこで差がついてしまったのでしょう？

彼女と出会ったのは、私がまだ一五歳の頃です。

彼女とは同い年で、共に将来を嘱望された若き魔術師として学院に入学しました。

彼女は炎系魔術の達人で、ありとあらゆる物を炎で焼き尽くし、溶かしてしまう人でした。

そして、その炎は彼女自身の心にもあり、共に学ぶ学友としてこれ以上にない程の女性でした。

片や私はと言うと、得意な魔術系統が全くない凡才だと思っていたのですが、魔力放出量が常人の数百倍あり、また内蔵している魔力も常人の十倍と、魔術師としては優秀な人間でした。

私と彼女は互いに名声を高めるのと同時に、お互いを良き友、良きライバルとして認識するようになりました。

もちろん、私が彼女に焦がれているのは秘密ですが。

さて、そんな彼女との差が決定的になったことがありました。

それは、隣国シャンボール王国との戦争でした。

私は、第七魔術旅団に配属され、彼女は第一魔術師団に配属されたのです。

そう、彼女は元帥直属の親衛魔術隊とも言われる第一師団だったのです。

この時、私は人生で初めて屈辱を味わいました。

私の力も彼女の力もそう大差ないもののはずでした。

唯一の違いは、生まれた家くらい。そう彼女は貴族だったのです。

それも大貴族と言っていい辺境伯家の娘、片や私は農家の次男坊。

それでも周囲は農家の次男坊が第七魔術旅団に入ったことに驚いていましたが、私の中では鬱屈した思いが積み重なっていきました。

「彼女に勝ちたい」

いつの日からかそれが私にとっての一番の目標であり、人生の目標になっていきました。

そして、戦争が終わり、学院の卒業と同時に彼女は王国筆頭魔術師の補佐官になり、私は彼女の下で王国魔術師としてのキャリアをスタートさせました。

「彼女に勝たなければならない」

私の思いは日ごとに募り、そして達成されない思いに焦燥と絶望が折り重なっていきました。

「彼女に勝つには……」

そんなある日、私の運命を変える一冊の本が目に留まりました。

それは、「魔術生物生成の書」と書かれた禁書でした。

この国では魔術生物の生成は禁止されていました。

理由は簡単です。

彼らを制御しきれる魔術師がいないからです。

そして、その制御しきれなかった魔術生物は人々を襲う魔物と化し、我々を苦しめるというのです。

これは実際にあった話だそうです。

魔術生物の生成を禁止していなかった頃に、各国でより強い魔術生物を作り、兵にしようと考え始めたのです。

そして、それの開発競争は悲劇の連続でした。

まず、魔術生物自体が生まれない。

次に、生まれたはいいが、魔術師が生物と合体してしまい殺処分するしかなくなった。

そして、生み出したはいいが制御しきれず殺され、逃がしてしまって魔物化した。

逃げ出した魔物は野生動物と交配を繰り返し、現在の魔物の生態系が完成してしまったということがあってから、各国は互いにこれの開発を取りやめることを約束したほどでした。

そんな魔術生物の作り方の本が私の手の中にある。

これは、魔術生物を作り出して世間をアッと言わせよという神の思し召しに違いないと勘違いした私は、それから五年もの歳月をかけて魔術生物の研究を行ったのです。

五年後、最後の壁であった魔術理論が完成し、私はこれまでにない強力な魔術生物を作り出すために術式を発動し、ついに魔術生物を作り出しました。

そう、それも完璧に制御下に置いた形でです。

ですが、世間はそれを認めませんでした。

私の成功を妬んだ者たちに詐言《さげん》され、私は王国魔術師としての地位をはく奪されたのです。

国王の前に引き立てられた私は、何度もかの魔術生物が私の管理下にあると言っても訴えを認めてもらえず、国王によって王国魔術師の資格はく奪され、出国禁止の呪術をかけられ、私を雇うことを禁止されることになったのです。

その後は、貧乏をしました。

蓄えていた財産も没収となり、無一文になった私は村を転々として銭を稼ぎ、地方の有力者に目をかけてもらい、少しずつ出世する道を辿っていたのです。

そして、何度目かわからない転職先探しの時に立ち寄った国境の街で、我が生涯の主と出会ったのです。

◆

ここまでの話を、アンドレアは自分に浸りながら一気に話し切った。

聞いた俺も馬鹿だったが、ここまでずっとしゃべり続けるアンドレアも相当な馬鹿と言っていいだろう。

なんでこんな話になったかと言うと、先日の一件で彼の正体を知ることになった俺は、追加の尋問と言う名の話し相手になってやったのだ。

どうもどこか時々おかしくなっているので、たまに話すことでガス抜きができればと思ったが、必要なかったかもしれない。

「で、アニエスへの思いはどうなったんだ？」

俺がそう悪戯っぽく聞くと、彼はしばし考えた後にこう答えた。

「たぶんまだ焦がれているでしょう。ですが、今はそれよりもここでのことを研究したいという気持ちの方が勝ってますし、貴方のような人がどこまで街を発展させ、どこまでこの国を、世界を変えていくのか知りたいのです」

彼はそう言うと、俺の前に跪いた。

随分と買いかぶられたものだが、彼の期待に応えるためにも頑張らなければならないな。

CHAPTER 04
第四章

村の運動会のような団員選抜試験が終了してから一ヶ月が経った。

流石にあの持久走を走り切った根性があるので、今のところ脱落者は出ていない。

まぁ中には従軍経験者もいるので、この先の成長を楽しみにしたいところだ。

そんな平和な訓練風景のある村に、ある日とんでもない事件が起こった。

ことの発端は先日俺が発表した村の全周囲測量で、裏の森に出かけることになったアンドレアとコーナーだ。

彼らは二日前に裏の森の探索を進めるべく何度目かの測量に出かけたのだが、帰還日である昨日の午後を過ぎても帰ってこないのだ。

「それで、今回彼らはどこに探索に向かうと言っていたんだ？」

俺が訊ねたのはゴードンだ。

彼には測量結果の集計をしてもらうのと同時に、行き先の受け付けもしてもらっている。

「今回彼らが向かったのは、森の中心部です。この森には主《ぬし》がいるのではないか、と考えたアンドレアの発案で、巣の発見を目的とした探索をしてくると言っていました」

「……主か。確かにこの森は手付かずだから、いてもおかしくないな。それでどれくらいの食料を持って行ったかわかるか？」

「そうですね……。出発前の記録では一応、今日の朝の分までは余分に持っていっているようです」

そこまで聞いた俺は、腕組みをして現状を頭の中で整理し始めた。

まず、彼らが戻れない理由だが、一つは単純に道に迷った可能性があるが、この場合は狼煙を上げることでこちらが救助に向かう予定になっている。

次に、動けなくなっている可能性だ。

その場合はいくつか予想される状況がある。

一つ目は、主に目を付けられて動けない場所にいる。

二つ目は、落とし穴のような地形に入り出るに出られない。

三つ目は、既に二人が亡くなっている可能性だ。

流石に二の場合はアンドレアの魔法があるので大丈夫だと思うが、三になっていないことを祈りながら探索班を作ることにした。

今回探索に当たるのは自警団と狩人達に俺を含めた総勢二七名だ。

自警団見習いはまだ練度が足りないと言うことで自主練しながら留守番だ。

じゃぁ俺はいいのかって？　そこはあれだ。命令者責任と言う奴で探索に加わった。

「さてと、バリス、ライズで組み合わせを考えてチームを作ってくれ。チームは九人一チームだ。それぞれのチームに狩人と自警団を均等に割り振ってくれ。俺はバリスと行動を共にする」

「わかりました」

「はっ！　かしこまりました」

二人は返事をするとすぐに自分たちのグループを三つに分けてチームを作り上げた。

チーム編成が終わったのを見計らって俺は、今回の作戦目標を全員に通達した。

「今回の作戦目標は、アンドレアとコーナー両名の生死の確認と救助だ。なので、主がいたとしても今回は必要ない場合は戦わないようにしてやり過ごしてくれ。活動時間は明日の昼まで、休憩などは各隊で適時取ってくれ。以上散開！」

「「はっ！」」

まるで軍隊か自衛隊の隊長だな、などと自嘲気味に思いながら探索を始めた。

始めるまでは良かったが、いざ森に入るとかなり鬱蒼とした森だと言うことがわかった。

草は足の膝下近くまで伸びているし、木々はかなり背が高く若干薄暗い位の視界だ。

おまけにそこを集団で歩くから音が煩くて周囲から近づいてくる魔物などの気配が感じられない状態だ。

先頭を歩く団員は鉈を振り回して草を刈りながら道を作って進んでいる。

周囲を見回すと、左右の少し離れた場所に両分隊が見えている。

暫くそんな状態で進んでいたのだが、ある所を境に大きな広場に出た。

「止まれ！　この周辺だけ、木がない。慎重に進め」

俺の合図に分隊も含めて止まり、散開して周囲を警戒し始めた。

止めた俺自身広場になっている場所をよく見ると、地面が何かで抉られたような跡があることに気が付いた。

「……これは、まさか戦闘の跡か？」

周囲にもっと目を凝らすと、木々に焦げた跡があったり、激しく切り付けられたような跡があった。

「これは……、アンドレアさんの魔法の跡かもしれませんね」

俺が見ている場所に気が付いたのか、バリスが木の跡を凝視しながら補足してきた。

そして、そのことは俺にも確認できたので、まず間違いないだろう。

となると、彼らはここで大立ち回りをしたことになるが、死体や血の跡が見えないことから恐らく無事だと考えられる。

「兎に角、あの二人を急いで探すぞ。あまり時間をかけてはいられなさそうだ」

「えぇ、そうで――」

バリスと二人で現状を確認していると、突然地面を揺るがすような大きな咆哮が聞こえてきた。

それは正に地獄の番犬のようにドスの効いた恐ろし気な叫び声だった。

「どこから聞こえた⁉」

俺が周囲の狩人に尋ねると、彼らは顔を引きつらせながら真っ直ぐ前を指さした。

俺が恐る恐るそちらを向くと、目算で約二〇〇メートル以上離れた丘の頂に立つ一本の木の上に、巨大な人かサル型の魔物がこちらに向かって吼えているのが見えた。

「な⁉　まずい！　奴の縄張りに入ってしまったか⁉」

「ここは危険です！　逃げましょう！」

化け物の咆哮に気圧されながらも、必死にライズが撤退を進言してきた。

しかし、化け物の反応の方が遥かに早く、飛び上がったかと思うと猛スピードでこちらに向かって突っ込んできた。

「まずい！　散開しろ！　チーム毎に逃げるんだ！」

俺の命令が出るや否や三チームとも一斉に来た道を走り始めた。

だが、化け物猿は素早くこちらの上を通過したかと思うと、少し先で待ち構えるように行く手を遮ってきた。

「畜生めが！　こっちがどう逃げるか分かってやがる！　全員応戦準備！　目標はあの化け物猿だ！　奴を怯ませて逃げるぞ！」

「「おう！」」

俺の命令に瞬時に反応してそれぞれのチーム毎に武器を構え、応戦準備を整えた。

「弓兵は遠距離から敵を牽制しろ！　敵の動きを制限すればどうにかなるはずだ！　剣盾兵は敵の隙を突けるように動け！　徹底的に嫌がらせをするんだ！」

俺が必死に命令している間、化け物猿は舌なめずりをしてまるでこちらの出方を待っているかのように動かなかった。

「ちっ！　あんまり人間を舐めるなよ！　弓兵構え！　撃て！」

俺の号令に弓兵が一斉射をすると、化け物猿は待ってましたとばかりに飛び上がり、矢を全て躱してしまったのだ。

「なんて跳躍力だ！　弓兵は第二射用意！　着地を狙え！　剣盾兵は敵の注意を引き付けながら攻撃しろ！」

剣盾兵は盾を構えながら周囲に広がって隙を見ては攻撃をしようとしたが、流石に飛んでくる矢を躱すような奴である。

斬りつけても避けられ、おちょくるように近くまで来ては避けを繰り返し、完全に弄ばれている。

「全体攻撃止め！　一旦下がれ！」

このままやっても埒が明かないと判断した俺は、一旦敵から離れていくことにした。

こちらが引き始めたのを見た化け物猿は、一瞬怪訝な表情をして少し遠巻きに俺達を観察し始めた。

「なかなか知能の高い猿ですね。こちらが引いたことに違和感を感じて距離を取りましたよ」

「うむ、恐ろしい程だな。だが所詮は猿だ。罠がないのに怖がって距離を空けて観察を始めたのがいい証拠だ。この騒ぎでアンドレアが来てくれたらいいのだが……」

正直化け物猿は規格外過ぎる。

通常の訓練をした兵と狩人の弓兵では対処しきれる魔物ではない。

よくも今までこの森で満足してくれていたものだ。

「さて、どうするか。アンドレアが生きていることを願って時間を稼ぐか、それとも全滅を少しでも避けるために全員で散り散りに逃げるか……。バリスはどっちがいい？」

俺の問いかけにバリスは苦笑しながら答えてきた。

「できたらアンドレアさんを待ちたいですね。彼がいれば退治はできなくてもどうにか追い返すことはできるでしょうから」

「それは俺も同感だ。だが現状どうなるか――」

「後方に狼煙が上がりました！」

その知らせはアンドレアが生きている証拠だった。

俺とバリスは顔を見合わせると、時間を稼ぐことに集中するための命令をした。

「狼煙を報告したそこの奴！　その場所に向かって荷物を持って走れ！　アンドレアとコーナーを回収した後こちらに合流しろ！　急げ！」

「各チームに通達！　奴がアンドレアを連れて来るまで化け物猿を足止めするぞ！　攻勢をしかけろ！」

俺の命令で一人の若い騎士が荷物を持って走り出したのと同時に、各チームがそれぞれ化け物猿に向かって走り出したのだった。

◆

そこからは延々と時間を稼ぐことに終始していた。

どうやら化け物猿は、こちらの意図に気づいてないのか、遊ぶような素振りを繰り返していた。

だが、いくら遊ぶような素振りと言っても軽く体長三メートルはある化け物だ。

こちらが無傷なわけはなく、すでに五人が重傷を負って、他のメンバーも傷を負ってないものを探す方が困難な状態だ。

「いいか！　あいつを仕留めるのはアンドレアに任せるんだ！　生き残ることを第一に考えて攻撃しろ！」

重傷者は流石に下げたが、正直言って現状のままで行けば、こいつに殺されなくても他の魔物の胃袋に入ってしまう。

だが、猿の方は相変わらず無傷でこちらの攻撃を避け、避ける瞬間に礫《つぶて》などを飛ばしてこちらに出血を強いている。

「大型になると猿でも油断できない相手だということが良く分かりましたね」

「あぁ、とんでもない化け物だよ。所で罠はできたのか？」

隣にまで来ていたライズに向かって聞くと、彼は頷いてきた。

「全体微速後退！　敵を引き付けながら罠まで誘い出せ！」

俺の命令が届くと同時に各チームが、猿が気づかないくらいの速度で徐々に後退を始めた。

猿はこちらの後退を知ってか知らずかついてきている。

この調子で行けば敵を罠にはめることができる。

「あと少しだ！　何とか耐えてくれ！」

後二メートル後退すればこちらの仕掛けた罠に嵌る。

後一メートル、三、二、一、ここだ！

「今だ！　罠を発動しろ！」

俺の合図にライズが仕掛けた罠を発動した。

その瞬間、猿の片足に縄がきつく絡みつき引っ張られるような状態になった。

「よし！　成功した！　今だ！　矢を射掛けろ！」

俺の合図で一斉に弓兵が矢を飛ばした。

だが、奴は三方から飛んでくる矢の左右を礫で弾き、正面の矢に至っては両手で叩き落とす離れ技を見せてきたのだ。

もちろん、全てを防ぐことなんて不可能で、少しではあるが命中した物もあったが、致命傷には程遠い。

「な、これ程の化け物とは……どうやってこんなの倒すんだよ」

「う、嘘だろ。三方向から同時に撃ったんだぞ……」

流石にあれだけのことをして、やっとの思いで軽傷しか負わせられなかったことに、兵達が動揺し始めた。

「あんなまぐれは二度もできん！　もう一度射掛けるんだ！」

俺が命令したのと同時に猿も危険を察知したのか、これまでとは質の違う、殺気の混じった咆哮を放った。

「ひ、ひぃぃ！」

「た、助けてくれ！」

この咆哮に兵士たちの緊張の糸が切れかけてしまい、恐慌寸前の状態になってしまった。

「落ち着け！　奴の苦し紛れの咆哮だ！　弓を一斉に射掛けるんだ！」

俺の必死の檄も、もはやほとんどの兵には聞こえていない。

確かに俺も発狂できるならしたいくらいだ。

こんな化け物と何度も戦うなんてしたくないのが本音だし、逃げ出したい。

だが、ここで逃げ出せばアンドレアとコーナーそして多数の兵を無駄死にさせてしまうことになりかねない。

「なんとしても踏ん張るん――」

俺が最後の力を振り絞って檄を飛ばそうとした時、後方から一筋の光が猿の胸に突き刺さり、大きな音を立てて倒れた。

それから少しして後ろから聞きなれた声が聞こえたのだった。

「なんとか間に合いましたね」

「まったく、いくら何でも遅すぎるだろ……」

俺が呟きながら後ろを向くと、アンドレアの姿があった。

ただ、彼もあちこちをすりむいて、いつものローブも土汚れとひっかけたのか穴があちこちに空いていた。

「すみませんでした。けど、ヒーローは遅れてくるものって、おっしゃってたじゃないですか」

そう笑いながらアンドレアが返すのを見て俺も笑おうとしたが、どうやら腰が抜けてしまったようで、立ち上がれなくなっていた。

そんな俺の様子を見たアンドレアが俺に右手を差し出してきた。

「手を貸しましょうか?」

「あぁ、すまないがついでに肩も貸してくれ」

アンドレアの肩を借りてどうにか立つことができた俺は兵達に対して勝利宣言と勝鬨をあげた。

「皆よく頑張ってくれた！　どうにか化け物を倒すことができた！　我らの勝利だ！　勝鬨をあげ

よ！　えい！」

「オー……」

もちろん勝鬨をあげれるほど元気な者は少なく、力ない勝鬨となってしまったのは言うまでもない。

「ところで、アンドレア。お前は見た目よりも元気そうだが今まで何をしていたんだ？」

俺の質問にアンドレアが少し微妙な表情をしたかと思うと、頬をかきながら話し始めた。

「実は、とある場所で岩が大量にある場所を見つけたのですが、穴になっている所にコーナーと二人で落ちてしまいまして……」

「穴？　それくらいならお前の魔術で出れるだろう？」

「いえ、それが不思議な空間で魔術が全く発動しなかったのです」

「魔術が発動しない？」

おかしいな、以前アンドレアから教えられた魔術の原理はこの世界に微量だが存在する魔力で、それらの力を集めて発動していたはずだ。

それが発動しないということは、その場所に魔力が溜まっていないもしくは魔力を霧散する力が働いている可能性がある。

「えぇ、ですからあの狼煙も穴の底でへばっているコーナーが必死に熾してくれたものでして、若い騎士の方が助けに来てくれるまで全く出られなかったのです」

「なるほど、とりあえず考えるのはコーナー達を回収してから戻ってゆっくり考えよう」

俺が話を打ち切ると、少し回復した兵達がコーナーを迎えに行き、無事回収することに成功した。

コーナーもアンドレア同様穴に落ちた時の打撲程度で済んでいたようで五体満足だった。

流石に図太いコーナーでも、今回のことはこたえたのか、「ひどい目に遭った……」とだけ呟いていた。

その後、全員で揃って村まで戻ると、帰りを心配していた村民から手荒い歓迎を受けたのは言うまでもない。

◆

化け物猿を倒した俺たちは、奴の死体から使えるものをはぎ取ることにした。

牙や爪はかなり硬質で鉄の剣で最初折ろうとしたのだが、あまりの固さに刃こぼれを繰り返していたので、先に体の皮膚や毛皮を剥いでいった。

「これは、かなり硬質な物ですな。見てください、骨もかなり頑丈です」

そう喜々として解体しているのはアンドレアだ。

流石にこれだけ大きな魔物を解体するのに一人では無理だろうと訓練兵を貸して解体させているのだが、あまりにも強い瘴気と悪臭に訓練兵の大半は胃の中をまき散らすだけの役立たずになってしまい、彼一人で解体しているのだった。

かく言う俺もカエルの解剖等で動物の内臓を見るのが初めてではないので、簡易のマスクと手袋をして彼の解体作業を隣で見ていた。

「確かに骨も使えそうだな。他に内臓とかはどうだ？」

「内臓は、あまりお勧めしませんね。これはかなり瘴気がこもっています。ゴブリンの比じゃありませんので焼き捨てることをお勧めしますよ」

「そうか、では骨と皮を綺麗に剥いで、使えるようにしておいてくれ。俺は別の案件を処理しに行ってくる」

「わかりました。あとはお任せください」

俺はそう言って足場から降りて家に戻っていった。

◆

アンドレアに後を任せて俺は、家で考え事をしていた。

俺が今頭を悩ませているのは、今後の開発計画である。

裏の森の魔物があれほど強力だと考えていなかったので、修正を余儀なくされている。

一応アンドレアの話では、あれ以上強力な魔物は滅多にいないので大丈夫とのことだが、用心に越したことはない。

だが、危険を冒して開発するだけの魅力もある。

それはアンドレアが昨日言っていた「魔力のない場所」だ。

これが岩に対して発生しないのか、場所的な問題で発生しないのかが今のところわからないのだ。

だが、これがもし岩が魔力を消しているなら石垣にこれ以上もってこいの素材はない。そんな石垣を作ることができれば、少なくとも敵の魔術に怯えなくて済むのだ。

どうにかして実態の解明を進めるためにも、できるだけ早い内に裏の森を大幅に開拓して街づくりを進めたいものだ。

そして何よりも街づくりを急いでいる理由がある。

それは流民の流入速度が尋常じゃないのだ。

流石に全国民とはいかないが、ドレストン男爵領の東西二つ分くらいは領地を跨いで俺たちの村に来ている。正直言ってこのままでは冬の麦を植える耕作地も、収穫量も足りなくなる。

そして何よりも住む場所が現実問題として足りないのだ。

特にアンドレアを裏の森に重点的に配置しているせいで、村の前方に位置する森の伐採が全く進んでいない。

これればかりは、子供達から魔術師が早く誕生してくれることを願うしかないが、まだまだ先の話になる。

あとは、のこぎり等の刃物を開発しているが、量産体制は全くと言っていい程整っていない。

何よりも製鉄作業にもアンドレアが必要なのだから仕方がないとしか言えないのだ。

彼が二人に増えたらどれだけ楽か、と益体もないことを考えてしまっていたが、それほどまでに開墾は危険な水域に達している。

「いっそのこと、アンドレアに見える範囲の木を殆ど切り裂いてもらっておこうかな……」

そんな大規模伐採を画策したくなるほどの状態なのだ。

俺が一人家で悩んでいると、化け物猿の解体が終わったのか、手伝っていた訓練兵の一人が報告に来た。

「アンドレアさんが呼んでいます。解体が終わったとのことでした」

「わかった。少ししたら行くと伝えておいてくれ」

俺が生返事をすると、彼は敬礼をしてアンドレアの所に戻っていった。

あの化け物猿の骨などもどうにかして活用しなければならない。

「いっそ頑丈な骨を門の閂にしてしまおうか……」

などとくだらないことを考えながら猿の解体現場に行くと、見事に骨と皮だけになった猿と、その姿をほれぼれしながら眺めるアンドレアがいた。

「猿の内臓とか筋肉はどうしたんだ？」

俺が問いかけると、アンドレアは村の外を指さした。

その指さした方を見ると、煙が立ち上り微かに肉の焼ける臭いが漂ってきた。

「あぁ、燃やして処分しているんだな」

「えぇ、穴を作って燃やして処分しました。内臓の一部はホルマリン漬けにして教室に飾ろうか――」

「子どもが怯えるから止めろ！」

「――仕方ありませんね。処分してきてください」

俺の許可が下りなかったので、アンドレアは渋々、近くにいた訓練兵に内臓を手渡した。

俺が止めなければ本気でやっていそうだから怖い。

もちろん手渡された奴は素手で切られた内臓を触ることになり、吐きそうになっていたのは言うまでもない。

明日、特別手当に訓練兵達には梅漬けを出してやろう。

「で、活用方法だが、骨などはどうする？　このまま飾っても仕方あるまい」

「そうですね。ただかなり頑丈ですから何かに使えるかもしれませんので残しておきましょう」

「そうだな。毛皮についてはなめしてドローナに売ってしまおう」

化け物の利用方法を相談して決めた俺は、早速骨を武器職人に見せてどうにかならないか相談したところ、骨の先を使って槍の穂先にしたり、何か壊れたら困る部分の芯材として使うということになった。

◆

後日、ドローナが来て驚きの声を挙げた。

「な、なんでこの毛皮がここにあるんですか!?」

「ん？　裏の森を探索してたら襲ってきた化け物猿だが、知っているのか？」

俺の問いかけにドローナは何度も頷きながら猿について話し始めた。

「これは、ビッグボスという大型のサルの魔物なんです！　この猿の毛皮はなめすことで美しく手触りがいいので、絨毯にしたり、衣服にして王都では金で取引される毛皮なんですよ！　しかもこれ丁寧になめしてあるじゃないですか！」

「おぉ！　なら話は早い、この大きさならいくらになる？」

「そうですね……大きさは申し分ないので、恐らく金一〇枚は下りませんね」

「金一〇枚か、それだけあれば色々できるな……。それ最安値だよな？　なら金一〇枚以上で売ってくれ。こちらで高く売れた分手数料上乗せするぞ」

俺の手数料上乗せに反応したドローナは瞑目して考え始めた。

時間にすれば二〜三分ほどだろうか、考えがまとまったのか交渉をしてきた。

「手数料どれくらいの割合で上乗せしていただけますか？」

「そうだな、いつもは一割だから、この商品に限ってなら三割でどうだ？」

「ん〜、こんな高級品運ぶんですからリスクを考えて四割ください！」

四割はちょっと強欲過ぎないか、とも考え間を取ることにした。

「なら三割五分！　これ以上はまけられない！」

「んぬぬぬぬ……、わかりました。三割五分で手を打ちましょう」

その後しっかりと契約書を交わして、毛皮は彼女に任せた。

ビッグボスの毛皮というなの臨時収入が手に入り、村の予算は現在金一三枚、銀四〇〇枚、銅多数という状況だ。

銅多数というのは、ここ最近の取引増加と移住者の衣食住に税を少しずつ取り始めたことでとてもじゃないが数え切れないほどの量になってきてしまったのだ。

数え切れない量になった原因としては、この村で数を数えたり計算ができる人間が少なすぎるのだ。ゴードンは現在、農作業と測量の受付で手一杯だし、アンドレアは小学校の教員と裏の森を探索している。

そのため、村で計算ができるのは、俺だけになったのだ。

そんなことをぶつくさ呟きながら考えていると、俺の周囲を飛び回る男がいた。

「村長、村長。計算できる男ならここにもいますよ？　私、読み書き計算に内政までできる、官僚にうってつけの人材ですよ？」

最近俺の事情をどこかで嗅ぎ付けたのか、これがコーナーの最近の謳《うた》い文句だ。

この謳い文句を事あるごとに彼は俺の周りで言っているのだ。

「ん～……」

「ほらほら、お金の管理だってできますよ？　なんなら出入りの時に身体検査しても大丈夫ですよ？どうですか？　ねぇ？」

「……はぁ、仕方ないか」

俺はコーナーの提案を受け入れる事にした。

一応彼については村人全員が見張っているが、今のところおかしな所もなく、むしろ運動音痴過ぎて心配されている。

なにせ、訓練兵選抜試験の時には屋根に登ったはいいが降りられなくなって子猫のように慌てふためいていたのだ。

間者として働くには余りにも無様すぎるので、最近では見張るのではなく〝見守る〟という言葉の方がしっくりくるくらいだ。

「まぁ一応おかしな行動も何もないようだから、金庫番に昇格しようかな」

「やったー！　ありがとうございます！」

俺の一言にこれ以上ないくらいの笑顔で飛び跳ねながらお礼を言ってきた。

まぁ実際金勘定まで俺がやっていたらそろそろ倒れかねない状況に差し掛かってきたので、少しでも彼にしてもらう事にした。

「では、明日から頼んだぞ」

そう言って別れると、彼はスキップをしながら自分の家に向かって行くのだった。

◆

そんな事があってから、コーナーは俺の家の地下室に籠り毎日書類整理と帳簿付けを行っていた。

彼自身かなり要領がいいのか、俺がやっていた頃よりも遥かに速いスピードで仕事を片付けていた。

どれくらい早いのかと言うと、もうウサギとカメくらいの差がある。

しかもそれだけではなく、街の開発計画にも提言を持ってくるくらいで、特に目を見張ったのが、

利水に関する報告だ。

「この村の水源はアンドレアさんを頼りにし過ぎています。このままでは、アンドレアさんに何かあった場合、水不足になる事は確実です。この周辺にもう一本、川があるのは分かっているので、そこから水を引いてきませんか？」

「川がもう一本あるのか？　村の西側にある谷川だけだと思っていたのだが、どこにあるんだ？」

「ここから東に一キロほど離れた所にあります。アンドレアさんを裏の森の探索をさせるくらいならこの川までの一キロを掘ってもらって堀に水を流しましょう」

なるほど、川が一キロ先にあるのならそれを利用するのも手か。ただやはり問題になるのは、川までの一キロが森の中を通るという事だ。

この世界では、森＝魔物の巣と考えられるので、あまり楽な道のりではない。

だが、この支流を作る土木工事が成功すれば、川幅次第だが、村の水問題は一気に解決するはずだ。

「コーナー、川の水量はどれくらいある？」

「近くを流れているライン川は川幅もあり、水量も豊富です。まぁ先日の旱魃では流石に干上がっていましたが、アスピア山の方でかなり雨が降ったのか今は回復しています。それに、元々あの川は暴れ川で有名で、干上がったのを信じる人が少なかったくらいです。ですので、今なら支流を作ったくらいでは、他からうるさく言われる事もありません」

「他からうるさく言われるとは？」

俺が不思議そうに聞き返すと、コーナーは頭を抱えて大きなため息を吐いてきた。

「まさか自覚がないんですか？　すでにドレストン男爵家に喧嘩を売ったじゃないですか。そこに利水まで勝手にしたのがバレたらそれこそ紛争では済みませんよ。戦争になりますよ。戦争に！」

なるほど、コーナーの言っている意味がやっと分かった。

昔の貴族等は隣接する領土同士の場合、よく利水権や採掘権などで揉めたりするのだ。

特に敵対関係にある派閥などと隣り合った場合は紛争を起こし、敵国相手なら最悪戦争の引き金になってしまう。

「利水の件は分かった。アンドレアには裏の森の探索を一時中断して支流作りに参加するように言っておく。労働者に対しても開墾作業を少し遅らせながらさせた方がいいな」

「えぇ、それでよろしいかと思います。あとは堀に流した水を分けるための水路をしっかりと確保しましょう。また、水路に関しては、石でしっかりと舗装して半永久的に使えるようにするのが宜しいかと思います。あとこれは私が個人的に調べたことですが、水路図を用意しましたのでご参考になればと思います」

ここまで提案してきたと言う事は、コーナーにはある程度の道筋が見えているのだろう。

ここは彼に託してもいいのではないかと考えた俺は、提案する事にした。

「なぁ、このままお前が利水事業をやってみるか？　俺はどうやってやるのか見ているだけにしようかと思うのだが」

「え？　それはその、嬉しいのですが……」

俺の提案にコーナーはいまいち乗り気ではなさそうな表情をしていた。

今までの彼の言動から考えると、すぐにでも食いつくと思っていたのだが、何をためらっているのだろう？

「どうした？　いつものお前らしくないな、なんで乗り気じゃないんだ？」

俺の質問にコーナーは少し考える素振りをしたかと思うと、ため息を吐いて話し始めた。

「……実は、森に入るのが怖いのです。先日あんな目にあって、いつ化け物猿に食われるかという状況でしたので、自ら森に入るのはちょっと躊躇《ためら》いがありまして……」

あぁ、なるほど、確かに猿を相手にどうにか生還したという感じだし、兵の中には未だに怪我から回復できてない者もいる。

幸いなことに猿が遊んでいる間にどうにか倒せたが、本気で来られていたら恐らく俺たちは全滅していただろう。

「まぁ、そこは恥ずべき所ではないし、仕方がないな。誰か土木作業のできる奴に計画書を渡して森で仕事をしてもらおう。村中の配水予定図はこれだな？」

「え？　えぇ、確かにこれを参考にと思いましたが……」

「ならお前が村中の配水を差配しろ。堀の設計とかも考えながら無理のないように計画してくれ」

俺のその一言に一瞬怪訝な表情をしたコーナーはすぐに嬉しそうに「はい！」と返事をしてきた。

こうして、村の水不足解消に一定の目処がたってきた。

◆

コーナーが官僚として俺の傍で働き始めて一ヶ月後、村の配水工事が一段落して来た頃の事。

彼が一つの提案を俺の元に持ってきた。

「ロイド様、提案したい事があるのですが、宜しいでしょうか？」

ここ最近コーナーは俺の事を様付で呼んできている。

本来なら俺の方が彼よりも身分が下なので、様付をしないといけないのだが、以前それをしようとした時に猛反発されて以来、俺はしないようにしている。

「丁度書類の整理が終わった所だ。何の提案だ？」

「実は、この村の名前についてです」

そう言って彼が切り出してきたのは、村の名称についてだ。

この村は、かつて繁栄していたとはいえソルトシティ程大きくはないのと、他の村との交流が極端に少ないため村に名前がない。

もちろん街に行けば不便だろう、と言われるが行ったところで「領土境の村」と言えばうちくらいしかないので通じてしまうのだ。

そのため他の村からは、「ライン《境目の》村」と呼ばれている。

「ライン村ではいけないのか？　それなりにいい名前ではあると思うのだが」

「これがライン川のほとりなら構いませんが、ライン川からは結構離れていますのでどうかと」

「ふむ、そうかまぁ考えておくとしよう」

「いえ、今決めてしまいましょう。そうしないと後に伸びてばかりになります」

後回しにしようとしたのだが、珍しくコーナーが引き下がらなかったので、仕方なく考える事にした。

「そうは言っても、すぐに名前何ぞ思いつかんぞ？　何か候補があるのか？」

「一応これだけ考えてきました」

そう言って彼が一枚の羊皮紙に一〇個ほど名前を書いた物を渡してきた。

「なんだ、もう考えているのか、……これはまた迷走しているな」

俺がそう呟いたのは書いてある名前の候補があまりにも酷かったのだ。

例えば、村の特産から「梅漬け村」「ウィート《麦》村」というのもあれば、俺の名前を取って「ロイド村」「ウィンザー村」に変わり種なら「農民独立村」と言うものまであった。

まぁ真剣に考えるうちにおかしい所に行ったのだろう。

「個人的には、ウィンザー村かウィート村がいいと思うのですが、如何でしょうか？」

「ん～……これはかなり難しいな」

コーナーの問いかけに俺は髪をぐしゃぐしゃと掻きむしりながら唸ってしまった。

「やはり難しいですか……」

「そうだな、例えば解放村とかの方が分かりやすいんじゃないか？」

「解放村ですか？　なるほど確かに支配からの脱却などが分かりやすく表現できていますね」

いや、俺としてはかなり適当に言っただけなのだが、まぁ気に入ったのならそれでもいいが。

「では解放村で一度村中に通達します」

「わかった、それで頼む」

「で、もう一つあるのですが宜しいでしょうか?」

そう言ってコーナーは顔を引き締めて俺に話しかけてきた。

「税を本格的に徴収したいのですが宜しいでしょうか?」

「税? いいがどうして徴収したいのか、どれくらい徴収するのか考えているのか?」

「はい、徴収する税は四割をこちらに、六割を生産者に渡そうかと考えています。なぜ徴収するのかですが、現在我々は自警団と言う自衛組織も立ち上げ、本格的に独立に舵を切っております。ですので、組織を大きくするためにも税が必要なのです」

なるほど、確かに自衛組織は金食い虫になる。

今は村全体で負担を共有して彼らを養っているが、それは正直言うと組織として誰に従ったらいいのかがあやふやになっているという事だ。

そこで俺が税を徴収して俺が彼らを雇うという形で一本化したいという狙いがある。

もちろんこれだけではない。

現在の所村の人口は初期の一〇〇人からすでに五〇〇人近くの大所帯となってきている。

そろそろ町と言っても過言ではない位の大きさになっていて、このままいけば早晩一〇〇〇人の大台を超えて街にまで発展していくだろう。

そうなった時に、税を集めていれば確実に権力は増す。

「コーナー。権力を掌握して何がしたい？」

「っ!?　そこまで発想が行きましたか……流石はロイド様です。私の望みはロイド様に新しい王となり、農民に幸福をもたらして欲しいのです」

「幸福をもたらす？　もし俺が暴君になったらどうするんだ？」

「その時は、掌握した権力を以て貴方を打ち倒すか、見捨てて野に降ります」

コーナーはそう言い切るとジッと俺の目を見てきた。

あまりに真剣な彼の表情に俺の方が溜まらず、先にギブアップしてしまった。

「……ふぅ、本気らしいな。分かった。税の徴収は村全体に話を通して各代表者から了解を貰ってから行う事とする」

「ありがとうございます。では早速明日にでも代表者を集めて話し合いたいと思います」

そう言ってコーナーは部屋を出て行った。

彼の後姿を見送った俺は、自分の境遇に未だに戸惑いを隠せないでいる。

「俺が王、か……」

それは前世では全くもって縁がなく、また成れるものでもなかったもの。

そして、それになるという事は、いよいよもって俺の叶えたい望みでもある「城を持つ事」ができるという事でもあった。

「なんだか実感が沸かないな……俺本当はちょっと歴史に詳しいだけのオタクだぞ」

自嘲気味に笑いながらも、どうやって税を承認させようかと頭の中は動いていた。

◆

翌日、各家の農作業が終わるお昼過ぎに代表者を集めて会議を開いた。

議題は前日コーナーが持ってきた課税の件。

恐らくかなりの反対が予想されるが、どうなる事か……。

「本日は緊急に集まっていただきありがとうございます。実は現在の自警団の管理運営を少し変更したいと思いまして、皆さんに集まっていただきました」

コーナーの司会で話し合いが始まったが、彼の「管理運営」という単語に皆が理解できていないのか首を傾げている。

「管理？　運営？　それは今のままじゃダメなのか？」

「ダメです」

代表者の一人の意見に間髪入れずダメ出しをしたコーナーは理由を説明し始める。

「まず皆さんの目線で話しますと、現状では税がない分楽ですが、自分で計算しなければならないので正直申しますと面倒かと思います」

コーナーの意見に何人かの代表者が頷いているが、まだまだ皆分かっていない感じだ。

「それに現在ですと、自警団も三〇名前後の小さい集団ですが、今後組織が拡大していくと給料を支払う事が面倒になって来ます。ですので、ここで提案なのですが、我々に税を集めさせていただけませんか？」

そこまでコーナーが言うや否や代表者は一斉に表情を強張らせ身構えた。

それもそのはずだ、せっかく領主と言う搾取者から逃れる事ができたのに、また税を払っていては意味がないからだ。

だが、コーナーの方もこの拒否反応は予想していたのか、冷静に話を続けた。

「もちろん税を集められることに拒否感があるのは重々承知しております。ですので、こちらとしては集めた税をどのように使うのか、使っているのかをお知らせしようと思っております」

「それはいいが、おら達は字が読めねぇぞ。こんなかで読めるのは村長とお前とゴードンの三人だけだ。どうやって知らせるんだ？」

「そうですね、その点については字が読める人が代表者に上がってくるまでの間はこの集会でお知らせするというのはどうでしょうか？　会議の前か後にすれば皆さんも知る機会があると思いますがどうでしょう？」

コーナーのこの提案に全員が一斉に考え始めた。

まぁ考えている事は、説明されても理解できるかどうかと言う事だろう。

「コーナーの言い方だとわかりづらいと思うから、分からない事があったら聞いてくれ。俺の方で補足するし、皆で知って行く事も必要だと思うんだが、どうだろう？」

「……まぁ、村長がそう言うなら。なぁ？」

「んだんだ」

「ありがとう。では税を徴収すると言う事でいいかな？」

俺がそう言うと一人手を挙げる人物がいた。

それはゴードンだ。

「村長、一つだけいいですか？」

「あぁ、どうしたんだ？　ゴードン」

「今回は先に使う予定を教えてくれると我々も税を払いやすいと思うのだが」

確かに支出の計画がしっかりとしている事がわからないと、払いたくないものだ。

「今回の税は集めた分の半分を自警団の維持、強化に回す予定だ。残りの半分の内二割を義倉という
もしもの時用の保存食として保管する予定で、三割を俺とコーナー、アンドレアの生活用に回す。残
りは売り払って今後必要になる物を買えるように貨幣にするつもりだ。これでいいかな？」

「わかりました。それでしたらお支払いしましょう」

ゴードンに説明したことで代表者全員が納得した。

この後、村の名称についても相談したが、こちらは全会一致で即可決された。

この事が切っ掛けとなり、村の独立に向けての動きが加速し始めるのだった。

◆

――解放村　マリー

初めに言っておきたいのだが、私はロイドの事が好きだ。

これは絶対に揺るがないし、私の心に正直な思いなのだが、肝心のロイドが私の心に全く気付いてくれない。というか、彼は気づかないふりをしている。

彼には幾度となくアピールしてきた、はずなのに。

そして最近うかうかしていられない事情が出てきた。

それは、村に人が増えた事で、年頃の女の子が増えている事だ。

これまでは、規模の小さい村だっただけに、年頃と言えば私か、幼馴染のエリスで、そのエリスには立派な彼氏がいるので安心していた。

しかし、最近増えた子達は、流民生活を送っていたのをロイドに救われ、しかもドレストン男爵の軍勢を相手に、一歩も引かずに撃退した武勇伝まである。

どこからどう見ても彼女たちにとっても英雄であり、憧れの人なのだ。

そして、それだけではない。

最近ドローナさんが、あからさまに服や化粧を変えてきている。

それもかなり高価なはずの口紅まで付けているのだ。

あんなものを付けてくるなんて、どう考えてもロイドを狙っている。

と、私の女の勘が告げているのだけど。

どうもロイドは、〝にぶちん〟らしく、これだけのラブコールに対して全く見当違いの事を思っているらしい。

「らしい」というのは、以前最大限の勇気を振り絞って、彼に尋ねたのだ。

村の女の子の事、ドローナさんの事を。

そうしたら彼はシレッとこういった。

「え？　ドローナさんが口紅してたって？　ん〜、商売上手く行ってるだけなんじゃない？」

これだけなのだ。

あの潤んだ瞳も、口紅まで塗った唇も、少々露出の多目の服も全く目に入っていなかったのだ。

（胸には目が行っていたようだけど）

当然、村の若い子達の事も、「まぁ生活助けてもらって嬉しかったんじゃない？」と無自覚もいいところなのだ。

まぁこれだけ無自覚なので、彼が他の女の子に靡くという可能性は極めて薄いのだが、逆に強硬手段に——裸で迫るとか——出られたら多分コロッと落ちてしまいそうで不安でしかない。

「さて、私にはドローナさんみたいな胸もないし、口紅を買うお金もない。あるのは、彼を初日に拾ってきたと言う出会いの早さと、そのお陰で気兼ねなく話せる事、そして恐らく彼自身も私に好意がある……はず」

我ながら現状を整理してみると、大分、いえ、かなり不利な戦いをしている気がする。

マシな部分は、彼が少なくとも私に対して拒絶する意思を持たず、好意を持っている〝可能性〟があると言うことくらいだろう。

ただ、どうやって彼に私の好意に応える気にさせるのか、そしてどうやってゴールインを目指すかなのよね。

「……。どうしよう、全く浮かばないわ。どうやってもスルーされる可能性が高すぎるわ」

これまでに私がやってきた事と言えば、焼きもちをやいてみる。

できる限り一緒にいる。

どこかに出かけて何かあった時や危ない所に行った時は、ハグしてお出迎え。

あとは、できる限り彼のお手伝い……。

駄目だ、ハグ以上の事で、彼が私を見る可能性が、限りなくゼロにしか思えない。

「どうしようかな……」

「何を？」

「ひゃぁ！　びっくりした。……ってロイド！　いつからそこにいたの？」

ため息を吐いた瞬間に彼の顔があったので、ビックリしてしまった。

一瞬彼の顔が悪戯っ子のようにニヤッと笑ったのが見えて、そんな顔もまた……って見惚れてたら駄目じゃない！

「えっと、『スルーされる可能性が』とか、なんとか言ってるところからだけど？」

良かった、彼には本題の部分は聞かれていなかったようだ。

いくら自分の家の近くだからって、今度からは外で考え事をするのは、特にロイドの事を考える時は家の中でしよう。と今更ながらに誓っていた。

そんな考えを心の奥にしまい込んで、私は彼に相談を持ち掛けた。

「えっとね、その、と、友達の恋愛相談よ。最近彼氏が見てくれなくてどうしようって言ってたから作戦を考えていたの」

「マリーの友達って、確かエリスとかっていう背の小さい可愛らしい子の事？」

ロイドの放った「背の小さい可愛らしい子」という単語に、私は敏感に反応してしまった。

そうだとしたら、私にもチャンスがあるはずなのだ。

「そ、そうよ。って可愛らしいって彼女には彼氏がいるんだから、略奪したらダメだからね」

「いやいやいや、流石に俺、村長だからね。そんな事して村に確執作りたくないよ。それに……マリーの方が可愛いし……」

ん？　何か最後の方にゴニョゴニョ言ってたけどよく聞き取れなかったわ。

「ねぇ？　最後の方なんて言ったの？　聞き取れなかったんだけど」

「え、あ、いや～なんでもないよ。なんでも。あ、あは、あははは」

あ、笑ってごまかしてきた。

何か良からぬことを口走ったのかしら？

「えぇ～言ってよ。気になるじゃない」

「いやいや、気にしないで、それよりもエリスの事はいいのかい？」

もぅ！　そうやって都合の悪い事はすぐに話を逸らすんだから。

まぁ咄嗟に出たとはいえ、エリスの話も本当なのだ。

特に最近、他所からの流入が多くなったことで、若い女の子が増えたのが原因なのかもしれない。

「まぁ、その辺は、私は相談にのるだけだし、あまり手助けできないと思うわ」

「そうか、まぁそれならそれで仕方ないか……。上手く行くといいんだけど、良かったら俺の方で彼氏と話してみようか？」

このお人好しは、忙しい身の上にまだそんな厄介ごとを抱え込もうとする。

まぁ、そんなお人好しを好きになった、私も私なのだけど。

「いいの？　最近特に忙しそうにしてたじゃない？　新しい防衛施設の設計だの工事だので、別にロイドじゃなくてもゴードンさんとかでもいいのよ？」

「あぁ、心配してくれてありがとう。大丈夫だよ。工事はアンドレアに監督を任せたからあとは村の今後を考えるくらいだから、誰かの恋愛相談くらいなら乗れるよ。全く経験ないけど……」

最後の方を自分で言って、自分で少し落ち込んでいる彼を見ていると、なんだか笑えてしまう。

楽しませるためにそこまでしなくてていいのに。

「……ほんとお人好しだ」

「え？　何か言った？」

しまった、最後の方がつい口から出てしまった。

慌てて私は顔の前で手を振って「何でもない」と言うと、彼は「そっか」とだけ言って下を向いた。

「まぁ、任せてよ。どうにかしてみせるから。それに彼氏の方は話聞くだけだから大丈夫だよ」

そう言って、顔をあげて彼は自信満々とまでは言えないが、笑顔でそう言ってきた。

「うん、それじゃあ彼の方はロイドに任せるわね。何かあったら教えて」

「おう、任せろ」

そう言って、ロイドは意気揚々と自分の家に戻っていった。

後日、エリスの彼氏が上の空だったのは、流入してきた男を警戒していただけだと言う事がわかり、私とロイドの二人で大笑いをしたのは、二人だけの秘密となった。

◆

――ドレストン男爵邸　ドレストン男爵

つい二ヶ月ほど前に、ロイドとかいうふざけた村長のいる村を攻めたのだが、予想外の反撃を受け、予想外の人物まで加担している事がわかってしまい、手出しができなくなっていた。

その間、どうにかして奴らの弱点を探ろうと、必死になっていたのだが、なんと奴ら街道沿いに柵と櫓を立てて、あの〝穴〟までまた作り出したのだ。

どうにか妨害工作をしようとしているのだが、なんと工事現場に元騎士達が警戒しており、不審者が近づけなくなっていると報告がきた。

「どういうことだ！　奴らは儂の騎士をなぜ働かせておるのだ!?　それにそいつらを使って妨害工作はできんのか！」

儂は大声で家宰を怒鳴りつけたが、家宰は恐縮しながら言い訳をするばかりで、何の役にも立たない。

そうこうしている内に、ついに恐れていた使者が我が屋敷にやって来た。

そう、寄り親であり、我が領土と隣り合わせているタラスコン伯爵家だ。

前当主であるスキピオ・タラスコン様には、大変世話になったのだが、現当主であるハンニバルの若造は、どうも儂を見下している所があり、気に食わないのだ。

そのハンニバルからの使者である。

儂としては居留守を使いたかったのだが、生憎身分差が大きいため、バレた時に下手を打てば打ち首になる可能性もある。

それだけは嫌なので、致し方なく会うことにした。

「我が主、ハンニバル・タラスコン伯爵様からの書状である。――ドレストン男爵におかれましては、領土境にある村の対処に苦慮されておられるように見受ける。よって寄り親として私自ら指揮をして村を取り返して差し上げよう。この事について異論は認めぬものとする。――以上である」

屈辱だ。

まだ三〇にもならぬ奴に上から命令されるだけでなく、馬鹿にされるなど屈辱以外の何ものでもない。

だが、身分差があり過ぎる。儂がもっと位が上であれば抵抗できたものを、口惜しいが奴の言う事に頷くしかない。

「はっ！　某の未熟故の失態を、尻拭いさせ……申し訳ないと、お伝え、くだされ」

気持ちを抑えて、何とか丁寧な言葉遣いで返事ができたが、正直はらわたが煮えくり返る思いだ。

「男爵様の言葉、しかと伯爵様にお伝えいたします」

「よろしくお頼み申す」

そう返事をすると、長居は無用とばかりに、使者は急いで伯爵の元へと帰っていった。

使者が帰ったのをしっかりと、見送ってから儂は手近にあったものを壁に向かって思いっきり投げ、大声で叫んだ。

「畜生！　あの若造め！　毎度、毎度、偉そうに上から言ってきやがって！」

儂が暴れている様子を、家宰たちは近くで震えながら見守っていた。

その様子に余計に腹が立ってしまい、また更に物を投げつけるのだった。

◆

――タラスコン邸　タラスコン伯爵

数日後ドレストン男爵へ最後通告を届けた使者は、一人の男の前に跪いていた。

「ずいぶんと時間がかかったが、ドレストン男爵が何かごねたのか？」

使者を見下ろすその男の目には、まるで羽虫を弄ぶ少年のような残酷さと純粋さを兼ね備えていた。

使者自身も、ドレストン男爵邸に行って帰るのに二週間もかかった理由を話さねばならない、と考えていたが、彼を目の前にして汗をかく事しかできないでいた。

そんな使者がやっとの思いで口を開き訳を話し始めると、彼の興味は一気に男爵からの返事よりも使者が見聞きしてきた事に移るのだった。

「遅くなりました事、誠に申し訳ございません。実は、ドレストン男爵邸へ向かう道の途中に、賊が関所を作っており、迂回せざるを得なくなったので、遅れてしまいました」

「賊？　それは例の村のものか？」

「はっ！　恐らくは」

使者は自分が見て来た事を委細漏れなく主人へと伝えた。

その話では、男爵邸と伯爵邸の間に位置する反乱を起こした村が関所を作っていた事で、しかも主要街道を無理なく守れる範囲であるという内容だった。

その話を聞いた主人の顔はオモチャを見つけた子どものような笑みであり、平伏しながら覗き見た使者の背筋をゾクリと怖気させるものだった。

そして、使者の話を聞き終えた主人は、少し瞑目して考えてから使者へと再度問いかけた。

「敵はどれほどの規模かわかるか？」

使者は首を左右に振り、その訳を話し始めた。

「申し訳ございませんが、敵軍の規模は全く分かりません。何せ私が遠くから確認した時には、門ができ上がり、その近くには三日月型の穴がありましたので」

「三日月型の穴？」

「はい、それも細長い穴です。恐らく防衛施設か何かだとは思うのですが、遠目からではハッキリとした事はわかりませんでしたので……」

そこまで話すと使者は、また俯いた。

彼にしてみれば、主人の問いかけは自分の職責や適性の範囲を超えており、これ以上話してボロを出して主人の不興を買いたくはなかったのだ。

そんな使者の声にならない声が聞こえたのか、主人は納得した様子を見せた。

「わかった。その件に関しては偵察兵を送って調べさせるとする。ご苦労だった。下がっていいぞ」

主人の一言に使者は安堵の表情を一瞬見せ、そのばをすぐに去っていった。

彼が出て行くのを主人は見送りながら、物思いにふけっていた。

「穴か、まぁ、使者の男が言っていたように、恐らく防衛施設であっているだろう。ただ、その穴をどうやって使うのかは正直わからない。それに門もあると言う事は、柵か壁があると言う事だ。たったの二ヶ月で、既にそこまでの防衛施設を完成させていると言うのであれば、生半可な作戦では手痛い反撃を受けるか、一方的にやられるだけだろう。さて、楽しくなってきた。どうやって攻めようか……」

彼は、自分の軍略がどこまで通じるかその事を考え、楽し気に笑っているのだった。

【第一巻　了】

SPECIAL

◈巻末書き下ろし◈

『ロイドの農業改革記』

これは、俺が村長になって一ヶ月が過ぎた頃の話だ。

俺は村の一角に反対派の村民を集めて、何度目かの農業についての説明会を行っていた。

「んな、訳の分からないもん試せる訳ねぇべ」

一人の農夫が俺の見せた〝ある物〟を警戒しながら言った。

そして、それに同意した周囲の農夫たちもしきりに頷いている。

「ですが、前にもドーソンさんが言ったように効果がある事も豊作になったのを見てご存知でしょ？」

俺は必死に彼らを説得しようと実例をあげながら話すが、一向に相手にされない。

以前はドーソンさんにも来てもらっていたが、畑仕事もあるのでそうしょっちゅう来てもらう訳にもいかない。

「だいたい、そんな糞《ふん》だったものを撒くなんて根腐れしちまうよ。村長、なんとか言ってくれよ、この坊主に」

「まぁ皆の言いたい事もわかるが、ここはの？　少しでも試して欲しいんじゃよ」

「……はぁ、失敗しましたじゃ話になんねぇんですよ？　ドーソンの所じゃたまたま上手く行っただけかもしれねぇじゃねぇっすか？」

農夫たちを説得するのに俺一人ではまだ不安があったのでベクターさんにも一緒に来て貰ったが、あまり意味がなかっただろうか？

農夫たちは頑なに俺が持ってきた〝肥料〟を否定していた。

確かに肥料として糞をそのまま撒けば根腐れを起こす元になる。

だが、その原因であるメタンガスなどを野外に放置して抜く事で、肥料として使えるのだが、その事が中々理解してもらえていない。

◆

この一ヶ月ほどの間に、俺は村長としての仕事である喧嘩の仲裁はそこまで問題なくできていた。

だが、肝心の農業改革が上手くいっていない。

確かにドーソンさんの所で俺は成果を出した。

だが、村民の中には未だに「偶然だった」と信じているものは少なくない。

お陰で俺の提案した肥料は散々な言われようとなり、先日はベクターさんにも来てもらって話し合ったが、特に進展なく終わってしまった。

「はぁ～、村長ってもっとこう、村のみんなから信頼されてドドーンと改革とか進められるかと思ったんだけどな……」

そう、現実なんてどこも甘くない。

村長が尊敬・信頼されるには、それなりの年月と関りがあってこそなのだ。

俺のように村に来たばかりの人間は、信頼なんてあってないようなものである。

ちなみに今の村民の評価は、支持と不支持なら不支持に傾いている状況だ。

来た当初はそこまでひどい扱いではなかったが、村長になってからの村民の目は厳しい。

「その見方を少しでも変えたいんだけどな～……」

ちなみに、俺の支持派はマリー親子とゴードン一家、そして猟師のライズくらいだ。

ゴードン一家には肥料を試してもらっているが、所詮一つの家で試しているだけである。そう簡単に皆を納得させるような結果にはならない。

ただ、時間もあまりないと俺は考えている。

ベクターさんがこの十何年かの麦の収穫量を記録していた羊皮紙には、年々下がっていく数字があった。

恐らくグラフにすればそれは一目瞭然となるだろう。

何せ十年前の収穫量と比べ、現在の収穫量は四分の一ほど減っているのだ。

「このままいけば、恐らく村の中で深刻な食糧不足が起る。ベクターさんにもそれは見えている。だけど……」

そう、解決する方法がこれまでなかったのだ。

そのため、ベクターさんとしても危機感があっても、それを助ける手立てがないというもどかしい状況だった。

「……その状況を村民が理解していない事もかなり危険な状況だ。だからと言って知識を振りかざしても今朝のように意味はないだろうな」

村民は村民でこれまでやって来れたという自負がある。

そのため、余所者で、農業経験が薄い俺の提案には懐疑的なのだ。

そして、それはベクターさんに言われようと受け入れられない頑ななものとなっていた。

俺がそんな堂々巡りのような状況の中、頭を抱えていると、部屋にベクターさんが入ってきた。

「どうじゃ？　何か解決策は見つかったかの？」

そう言って話しかけてきたベクターさんに、俺は肩をすくめてみせた。

「……そうか、どうしたもんかのぉ」

「肥料の良さに皆が気づいてくれれば良いんですが……。残念ながらまだゴードン一家とドーソンさんの所しか試してくれていませんからね」

「支持派の他の家はダメなのか？」

現在俺の農業技術の改革を、支持してくれる人と支持してくれない人がいる。

支持派は、先程も言ったゴードン・ドーソン両家が中心で、他の家は次男、三男が支持してくれているくらいだ。

この世界にも家父長制があり、長子相続が原則となっている。

なので、次男三男は他家に婿に入るか自分で畑を開拓しなければならない。

ただ、他家に婿に行くと言っても、この村の人口は精々五〇人程度で、とてもじゃないが村内に全員の婿入り先を確保できず、村から人が流出する原因となっている。

また、開拓にしても収穫量が年々減ってきている中では、大人一人を養いながらやっていくというのは家族とにとってもかなりの負担となり、現状では不可能のなのだ。

そこで、俺としては次男三男が出て行かなくても良いように、自分の畑を開墾できるようにと思って農業改革を提案したのだが……。

彼らの持っているプライドを傷つけてしまったのか、頑なに農業については首を縦に振ってくれないのだ。

「現状ではゴードン・ドーソン両家に頼んでますが、ゴードンの所はまだ結果が出るには時間がかかりますし、一つの家だけでは上手く行っても試してくれるかどうか……。それに収穫量の不足もこれから人を増やす事を考えると一気に加速する可能性が高いですからね」

「まさに八方塞がりじゃな……。ところで、その肥料というのは本当によく効くの。ゴードンのこせがれが『麦が力強く育っている』と喜んでおったわ」

「最初は半信半疑どころか、完全に疑ってましたからね。実感があると変わりますから……、〝実感〟……？」

そう、実感があればそれが素晴らしいものだとわかる。

逆に実感がなければそれが必要かどうかも分からない。

これは教育のあるなしと同じで、あれば欲しくなり、なければ無関心になるのだ。

そして、この事が俺にとっての解決策でもあった。

「……これだ!? ベクターさんこれですよ！」

「おっととと、急に大声を出さんでくれ。こけてしまうじゃろうが。……で、これとは？」

「〝実感〟ですよ。分からないなら分かるようにすれば良いんです」

俺は考えついた事をベクターさんに話すと、彼は少し瞑目して考え込んだ。

「……どうですか？」

「うむ、それなら多分大丈夫じゃろ。何より肥料の効果は確実なんじゃろ？」

「それはもちろんですよ！」

「なら、思った通りにしてみるがえぇ」

◆

ベクターさんから許可をもらった俺は、翌日支持派のみんなを集めた。

「みんな今日は集まってもらってすまない。肥料の広め方を考えてみたんだ」

俺がそう言って話し始めると、徐々に支持派の皆の表情が曇ってきた。

「――という事なんだが、頼めないだろうか？」

「な、そんな事俺達ができる訳ねぇ！　大体失敗したら……」

彼らがいきり立つのも当たり前だ。

何せ俺が彼らに提案したのは、自分の家の畑で試せと言ったのだ。

それも「失敗したら飯は要らない」と言って試させてもらってほしい、という内容である。

そもそも、彼らは肥料の有用性を感じて俺を支持しているのではない。

彼らは、俺の〝政策〟を支持しているだけなのだ。

「その時は、ゴードン・ドーソンの両家に次の収穫まで助けてもらうようにお願いしている」

もちろん俺としても彼らのその懸念は十分に分かっていた。

だから、先に両家にお願いして許可を得ている。

その証拠として、マリーとゴードンが俺の横で黙って頷いていた。

「だけど、ここには軽く十人はいるんだぞ？　それだけの人数を……」

「もちろん、今よりは貧しい食事になる可能性もある。だが、この肥料は、分量さえ守れば必ず成功する！」

俺が力強く言い切ると、集まった次男三男は喧《けん》々《けん》諤《がく》々《がく》としはじめた。

そんな中、一人の男が手を挙げて来た。

「村長、本当に大丈夫なんだよな？　絶対に失敗しないんだよな？」

「あぁ、分量さえ守れば必ず成功する。分量が分からない時は俺が必ず教えに行く。だから大丈夫だ」

本当は分量を守っても失敗する可能性はある。

だが、今回に関しては土の栄養がなくなっている事が収穫減少の最たる原因だと確信しているので、マシになる程度の可能性もあるが、悪化する事はそうそうない。

俺が再び力強く言い切った事で、質問してきた男は頷いた。

「わかった、俺は村長の言う通りにする」

その一言が他の者の勇気なったのか、集まっていた村民全員が今回の計画に賛成してくれた。

「……さて、これで全員が賛成してくれた。俺としても皆の期待に応えるためにも全力を尽くすつもりだ」

俺の言葉に全員が頷きそして、計画が始まった。

◆

翌日から俺は、ベクターさんに村内のゴタゴタをお願いして各畑を回っていた。

「どうだ？　上手く行きそうか？」

「あぁ、親の許可は取れたから、ここにこれくらい撒こうかと思うんだがどうだろう？」

そう言って彼が見せてきたのは、一反《いったん》（約三二メートル四方）の大きさの畑に対して彼が用意したのは、バケツ一杯分程度の肥料だった。

「……これは少ないな、これと同じ量を三杯から四杯くらい足して撒いたら良いと思うぞ」

「え？　そんなに撒いて大丈夫なのか？」

「もちろん一ヶ所にじゃなくて全体にまんべんなく撒いていかないと意味はないからな」

俺がそう言うと、彼は信じられないと言った様子で桶に四杯用意して撒き始めた。

◆

こんなやり取りを繰り返しながら、二週間経ったころ少しずつだが麦の状況が変わってきた。

麦の茎の部分が少しずつ太くなってきたのだ。

「おぉ、村長！　隣の畑と比べても麦が少し太くなったぞ！　もっと肥料をやったら良いのか？」

「いや、肥料は一度やったら暫くやらなくて良い。追肥するのはもう少し後で穂ができ始めたくらいで大丈夫なはずだ」

この辺の知識は、少しあやふやなので言い切れないのが怖い。

ただ、追肥は暫く間隔を空けなければ植物を痛める元になると聞いた事がある。

また、豊富すぎる栄養は雑草の繁殖も促進してしまうので、あまり意味がないのだ。

適度な太陽と適度な栄養、適度な水分に毎日の草むしり。

これが植物を元気に育てる一番の方法なのだ。

というのは、小学校時代の農業体験で指導してくれた農家のおじさんの受け売りである。

「さて、あとは毎日の管理をよろしくな」

「おう！　しっかりと雑草むしって水を入れていくよ」

◆

それからの麦の成長は順調だった。

徐々に太くなる茎に反対派の村民も驚き、興味を持ち始めた。

だが、頑なに拒んでいたからか中々肥料を使いたいと言い出せないようだったので、もう一つ賛成派の村民に伝えた。

「さて、反対派の人たちも興味を持ってくれたようなので、みんなには肥料を外に放り出しておいてもらいたいと思う」

「は？　そんな事したら俺らの肥料持ってかれっちまうじゃねぇか!?」

俺の突然の言葉にその場にいた全員が反対の声をあげた。

それもそのはずだ。

彼らにしたら有用性が分かった自分の肥料がなくなるのだ。

憤るのも当たり前というものである。

だが、それでは目的を果たせないのだ。

「まぁまぁ、落ち着いて。みんな最初の目的を忘れたのか？」

「最初の目的？　って肥料を広めるって話だっけ？　……あぁ！」

俺の一言で、やっと自分たちがおかしなことを言っているという事実に気が付いたようだ。

そう、今回の目標は肥料に興味を持たせて村中に広める事だった。

だが、興味を持ったは良いが頑なにそれを使えないでいる村民が大半なのだ。

なので、今回はあえて目立つ場所に置いておくのだ。

「置いておくだけでは中々使えないだろうから、こう言って宣伝する『肥料を自由に使っていいそうだが、今ある分だけだから早い者勝ちだ』って言うんだ」

「……それだけ？」

「あぁ、それだけだ」

「そんなに簡単に持って行くのか？　オラの父ちゃん、なかなか頑固だぞ？」

「まぁ、大丈夫だよ。どうせなくなってから君に訊きに来るだろうからね」

そう、人とは「限定」とか「現品限り」という言葉が好きで仕方ないのだ。

その魔法の一言があれば、少々悪い物だろうとも瞬間的に良い物に見えて買ってしまう。

聞きかじった心理学の応用ではあるが、次の日俺たちは効果を目の当たりにした。

「……みんな現金なんだな」

「まぁ、それが人というものだし、今回は成功と言って良いんじゃないかな？」

「自分の親がって思うと、なぁ？」

そんな事を言いながら、みんなで空になった肥料置き場を見ながら苦笑いをしていた。

かく言う俺も、ここまで上手く行くとは思ってもみなかった。

そして、あんな事がなければこの農業改革は、軌道に乗るはずだったのだ……。

あとがき

この度は、本作「異世界に転生したので日本式城郭をつくってみた。」を手に取っていただき誠にありがとうございます。本作で作家デビューしました「リューク」と申します。

さて、本作ですが、「小説家になろう」というサイトで公開させていただいてるWEB小説でございました。

この小説を書くにあたって、私が当初考えたのは「異世界（ヨーロッパ調）に日本の城を突っ込んだら面白いんじゃないだろうか」という興味と「日本の城が出現した時、それを知らない人達はどういう反応をするんだろう」という悪戯心でした。

もちろん初めは書籍化なんて夢のまた夢と思っておりましたし、自身の娯楽の一つと考えておりました（目標としては、書籍化はありましたけどね）。

それが、何の因果か波に乗りサイトのランキングでジャンル別日間一位を獲得、総合の日間も一位を獲得するなど、ありがたい事が起りました。

そんな事もあり、一二三書房の担当者様にお声をかけていただき、書籍化と相成りました。

さて、そんな本作ですがWEB版との違いは、本筋こそそのままに大幅な加筆加えていることです。あちこちWEBでは語れなかった物語を少しずつ付け足し、出番の少なかったヒロイン達の見せ場を大量に書き足したりしております。

また、当初は主観で語られていた所を三人称視点にするなど、随所に変更点が見られるかと思います。

そして、何よりも素晴らしいのは、「村カルキ」さんによる挿絵、カバーイラストです。

特にカバーイラストでは、城の形、施設の場所など細かな点で多数の注文をつけながらこだわりにこだわり抜いてお願いしており、また最後までそのこだわりに付き合っていただきました。ですので、是非！　虫眼鏡を使ってじっくりねっとりしっかりと城の雄姿を……、おっと、そうじゃなかったですね。

素敵な絵を見ながらロイド達の物語も読んで頂ければと思います（短！）。

さて、本作の主人公ロイドは、二度目の人生を異世界で過ごす事となりました。

彼にはこれからも幾多の試練が待っている事でしょう。そして、たくさんの出会いも待っているでしょう。

ただ、この作品では、お城が多数出る訳ではありません。

また、日本の城がすぐにでき上がる訳でもありません。

ゆっくりと日本の城がどのような過程を経てでき上がっていくのか。

それを楽しんでいただく作品となっております。

築城という目的を通してロイド達の成長と村の成長を見守っていただければこれに勝る喜びはございません。

さて、巻末のあとがきという慣れない事をしましたので、少し肩が痛くなってしまいそうです。ここまでよくもまぁ書けたものだと。

最後にお礼のご挨拶を持って締めさせていただきます。

本作を手に取って頂いた読者の皆様、また本作を書籍化するにあたって多大なるご支援を賜りました一二三書房の担当者様、そして、書籍化まで応援して頂いたＷＥＢ版の読者様。

本当に皆様、ありがとうございます！

また、次巻でお会いできることを心より願っております。

リューク

©Kikonraku
レジェンド・オブ・イシュリーン
Legend of Ishtean
至高の英雄譚《サーガ》
ここに開幕！
著者：木根楽　イラスト：匈歌ハトリ

レベルリセッター
クリスと迷宮の秘密 1
著者：ブロッコリーライオン
イラスト：saraki
今日も元気に迷宮探索!!
レベルとスキルのエクスチェンジ！
©Broccoli lion

転生貴族の
異世界冒険録
～自重を知らない神々の使徒～
著者：夜州　イラスト：よつば
神様、このステータスはやりすぎです！
「小説家になろう」発
第5回
ネット小説大賞期間中
受賞作
©Yashu

墓守《はかもり》は意外《いがい》と
やることが多い
Written by YATOGI
やとぎ
ILLUSTRATION by
Genyaky
1
凶悪なアンデッドが発生する
国営墓地を舞台に
最強アンデッドスレイヤーが
無双する爽快ファンタジー！
©Yatogi

Death attribute Magician
1
四度目は嫌《イヤ》な死属性魔術師
三度目の人生こそ幸せになりたいと願った少年は
『死属性魔術』を操り今生を生き抜く！
Written by densuke デンスケ
Illustration ばん！
©Densuke

平凡なる皇帝
ORDINARY EMPEROR
平凡な少女に訪れた
運命の転機
竜人の国ドラニアスへの
旅が始まる——
著者：三国司　イラスト：やまかわ
©Tsukasa Mikuni

かみがみ
〜最も弱き反逆者〜
チート勇者VS最弱の魔物
神々の遊戯に巻き込まれた
〝最も弱き魔物〟コボルトの復讐が今始まる！
著者：真上犬太　イラスト：黒ドラ
©Inuta Masagami

狭間の世界に迫る滅びの時――
帯剣の騎士、覚醒!!
――少年は蒼き翼をその身に宿す！
著者：夜々里 春
イラスト：村上ゆいち
天と地と狭間の世界
イェラティアム
©Haru Yayari

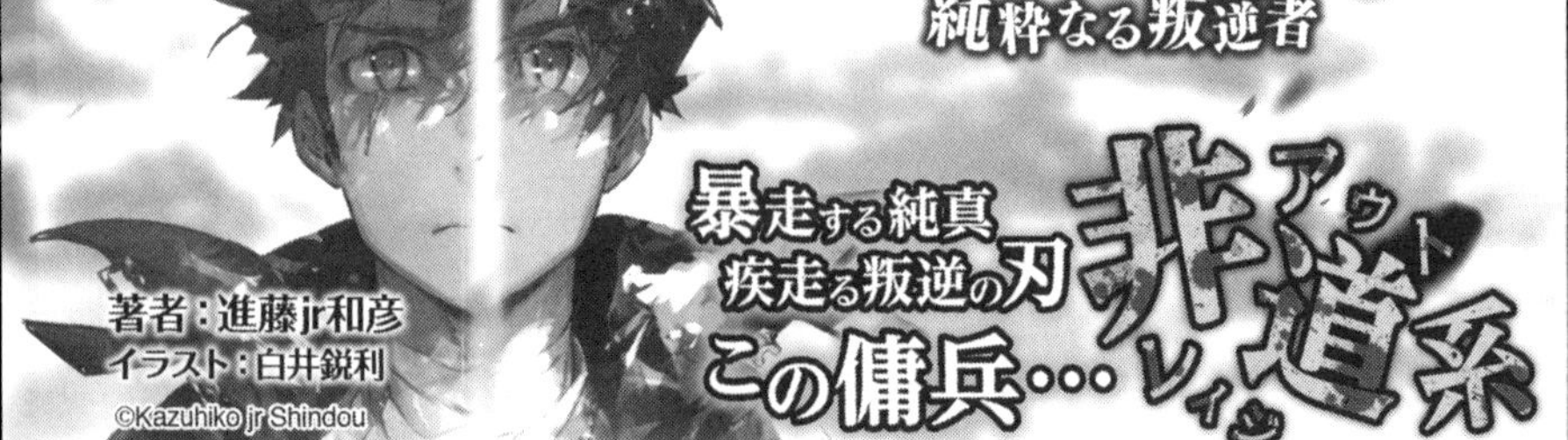

傭兵物語
純粋なる叛逆者《リベリオン》
暴走する純真
疾走る叛逆の刃
この傭兵…
非《アウト》道《レイジ》系
著者：進藤jr和彦
イラスト：白井鋭利
©Kazuhiko jr Shindou

災い為す竜を
滅すべく
白き薔薇
と
黒の剣士
今、旅立ちの時！
白薔薇の剣
著者：葵れい
イラスト：ミヤジマハル
©Rei Aoi

著者：円城寺正市
イラスト：ERIMO
「私はあなたの下僕です。
ご主人様……」
機動城砦サラトガ
1 ～かくて剣姫は下僕となった～
©Masaichi Enjouji

最強不遇職の
最高の復讐劇！
ネット小説大賞受賞作
明かせぬ正体
乞食に堕とされた最強の糸使い 1
著者：ポルカ イラスト：pica
©Polka

異世界に転生したので日本式城郭をつくってみた。

発　行
2017年8月15日　初版第一刷発行

著　者
リューク

発行人
長谷川　洋

発行・発売
株式会社一二三書房
〒102-0072　東京都千代田区飯田橋2-14-2　雄邦ビル
03-3265-1881

デザイン
okubo

印　刷
中央精版印刷株式会社

作品の感想、ファンレターをお待ちしております。

〒102-0072　東京都千代田区飯田橋2-14-2　雄邦ビル
株式会社一二三書房
リューク 先生／村カルキ 先生

Printed in japan, ISBN 978-4-89199-458-7

※本書は小説投稿サイト「小説家になろう」（http://syosetu.com/）に
掲載された作品を加筆修正し書籍化したものです。